리턴 레이드 헌터

FUSION FANTASTIC STORY

인기영 장편소설

Return Raid Hunter

리턴 레이드 헌터 1

인기영 장편소설

초판 1쇄 찍은 날 § 2015년 10월 8일
초판 1쇄 펴낸 날 § 2015년 10월 15일

지은이 § 인기영
펴낸이 § 서경석

편집책임 § 이창진

펴낸곳 § 도서출판 청어람
등록번호 § 제387-1999-000006호
등록일자 § 1999. 5. 31
어람번호 § 제1-2252호

주소 § 경기도 부천시 원미구 부일로 483번길 40 서경B/D 3F (우) 420−822
전화 § 032-656-4452 팩스 § 032-656-4453
http://www.chungeoram.com
E−mail § chungeorambook@daum.net

ISBN 979-11-04-90451-6 04810
ISBN 979-11-04-90450-9 (세트)

FUSION FANTASTIC STORY
인기영 장편소설

1

리턴 레이드 헌터

Return Raid Hunter

리턴 레이드 헌터

Return Raid Hunter

목차

프롤로그

2015년.

하늘에 아름다운 여인의 얼굴이 나타났다.

그것은 세계 전 지역에서 동시다발적으로 목격되었다.

지구 전역에 홀로그램처럼 나타난 거대한 얼굴은 이틀 동안 아무것도 하지 않았다.

마치 지구를 관찰하는 것처럼 가만히 지켜보기만 했다.

당연히 지구는 벌컥 뒤집혔다.

나사(NASA)에서는 이 정체 모를 현상을 빠르게 파고들었다.

하지만 아무런 대답도 내놓지 못했다.

지구의 과학 수준으로는 지금 벌어지고 있는 이 기괴한 현상을 속 시원하게 파헤칠 수 없었다.

지구인들은 시간이 흐를수록 혼란에 빠져들었다.

낮이든 밤이든 위를 쳐다보면 파란 하늘과 하얀 구름 대신 거대한 여인의 얼굴이 먼저 보였기 때문이었다.

게다가 여인의 눈동자는 꼭 하늘을 바라보는 이를 주시하는 것만 같은 기분이 들게 만들었다.

백 명이 동시에 하늘을 바라봐도 똑같았다.

백 명 모두 여인이 자신을 주시하는 게 맞다고 주장을 해댔다.

처음 이틀 동안에는 지구를 관찰하던 여인이 사흘째 되던 날부터 흐릿한 미소를 머금었다.

아름다운 여인인 만큼 미소 역시 아름다웠다.

하지만 섬뜩했다.

내가 어디를 가든, 어느 곳에 있든 위만 쳐다보면 잔잔한 미소를 머금고 있는 여인이 주시하고 있으니 소름이 돋는 게 당연했다.

그렇게 공포와 기이함으로 가득 찬 일주일이 흘렀다.

그동안 지구의 방위를 책임지는 여러 기관이 여인의 얼굴에 대해 끊임없이 연구했다.

하지만 나사가 그랬던 것처럼 아무런 성과를 얻지 못했다.

결국 만일의 사태에 대비하는 것이 최선이라는 것을 깨달았다.

그럴 일은 없겠지만 인류는 최첨단 기술로도 구현 불가능한 여인의 얼굴을 보며 외계를 떠올릴 수밖에 없었고 혹시 모를 외부 세력의 침입을 막고자 방어에 전념하였다. 여인의 얼굴이 나타난 지 8일째가 되었다.

"호호호호호호!"

한국을 기준으로 동이 틀 무렵에 여인의 웃음소리가 세상을 뒤덮었다.

그리고 세웠던 가정 중 최악의 상황대로 외계의 생명체들이 지구에 들이닥쳤다.

그것은 여인의 얼굴이 하늘에 나타났던 것만큼이나 갑작스러운 일이었다.

외계 종족들이 지구의 대기권을 뚫고 들어온 뒤, 여인의 얼굴은 비로소 사라졌다.

외계 종족들은 아무런 경고도 없이 지구를 불바다로 만들기 시작했다.

그들의 침략을 미리부터 준비하고 더욱 방어에 만연을 가했더라면 초반에 그렇게까지 당하지는 않았을 것이다.

하지만 지구인들에겐 시간이 너무 부족했다.

완벽하게 방어 시스템을 구축하지 못한 지구인들은 명백한 적의를 가진 외계 존재들과 오합지졸의 상태로 맞서 싸웠다.

한데 그마나 다행이었던 건, 기습이라 할 만큼 빠르게 쳐들어온 외계 존재치고 그다지 강하지는 않았다는 것이다.

지구인들이 가지고 있는 최첨단 무기와 생화학 무기들로 천여 마리의 외계 존재들은 깨끗하게 말살되었다.

그들을 말살하는 데까지 걸린 시간은 1년.

그리고 사망한 지구인은 총 4만여 명 정도였다.

만약 앞서 말한 대로 외계 존재의 침략을 미연에 알고 방지했더라면 그렇게 많은 사상자가 나오지 않았을 것이다.

외계 존재들을 정리하는 데도 반년 이상 시간을 앞당길 수 있었겠지.

어찌 되었든 그것은 지구 역사상 처음으로 일어난 외계인과의 전쟁이었다.

SF영화의 스토리처럼 결국 지구인들은 승리했다.

하지만 지구인들은 알고 있었다.

이것은 영화가 아닌 현실이라는 것을.

영화에서처럼 한 번의 커다란 위기를 넘기면 영원한 해피엔딩으로 귀결되지 않는다.

지구인들은 이제 외계인에 대한 경각심을 키워 나가며 또 벌어질지 모를 2차 전쟁에 대비했다.

그리고 우려했던 일은 정확히 반년 뒤 다시 벌어졌다.

또다시 외계 존재들이 지구를 침략한 것이다.

이번에는 처음에 침략했던 외계 존재보다 훨씬 강한 녀석들이었다. 1차 외계 전쟁 때 쳐들어온 무리보다 수는 적었지만 질적으로 다른 놈들이었던 것이다.

하나 지구인들도 그저 놀고만 있었던 건 아니었다.

모든 무기를 전보다 업그레이드시켰고, 방어 시스템을 더욱 강화시켰다.

그렇게 2차 외계 전쟁이 발발했다.

한데 이번에 쳐들어온 외계인들은 어지간한 화기류에는 큰 대미지를 입지 않았다. 그나마 생화학 무기에는 괴로워하는 반응을 보였으나 그뿐이었다.

그것만으로 녀석들을 완벽하게 제압하긴 힘들었다.

전쟁을 시작한 지 2달이 지나도록 지구를 침략한 수백 마리의 외계 존재 중 숨을 끊어놓은 건 겨우 수십 마리에 지나지 않았다.

외계 존재는 마치 지구가 제 세상이라도 되는 양, 살아 있는 모든 것을 닥치는 대로 짓밟았다.

지구는 암흑 그 자체였다.

이대로 저 빌어먹을 외계 존재들에게 말살을 당하는 게 아니냐는 여론이 지구촌 전역에서 흘러나왔다.

하지만 짙은 어둠 속에서 한 줄기 서광이 비추어졌다.

외계인의 1차 침공 이후 때부터 지구방위연맹 어스 뱅가드(Earth Vanguard)는 그들의 시체를 줄곧 연구해 왔다. 그러던 중 이번에 흥미로운 사실을 알아낸 것이다.

외계 존재의 심장은 사람과 달리 어떠한 에너지원으로 이루어져 있었다.

그것은 부정형의 붉은 덩어리로 미약한 빛을 발했는데, 지금껏 지구에서 사용해 오던 어떤 에너지보다도 강력한 것이었다.

또한 외계 존재의 가죽은 신축성이 어마어마한 반면 쉽게 찢어지지도, 잘리지도 않았다.

뼈는 어지간해서 부러지거나 깨지지 않을 만큼 높은 강도와 경도를 자랑했다.

어스 뱅가드는 전 지구의 군사 무기 전문가들과 석학들을 한데 모아 외계 존재의 심장과 뼈, 피부를 이용해 새로운 무기들을 만들어내기 시작했다.

바야흐로 지구 역사상 무기라는 분야의 패러다임이 변화되는 시점이었다.

어스 뱅가드는 외계 존재의 심장을 마나 하트라 불렀다.

마나 하트를 에너지원으로 사용해서 그들의 뼈와 가죽을 재료로 삼아 만들어낸 무기들은 인류의 구세주가 되었다.

외계 존재들은 동료의 시체로 탄생한 무기에 속절없이 무너져 나갔다.

그리고 그 시체들은 또다시 새로운 무기의 재료로 쓰이게 되었다.

지구인들은 이제 방어 시스템을 업그레이드하고 군사력을 높이는 데에 혈안이 되어 있었다.

이미 두 번이나 외계의 침략을 받았다.

세 번, 네 번 쳐들어오지 말라는 법은 없었다.

지구인들의 예상은 불행하게도 모두 들어맞았다.

외계 존재들은 계속해서 쳐들어왔고 그때마다 더욱 강한 녀석들이 나타났다.

특히 다섯 번째 침략을 받았을 때는 외계 존재의 시체로 만든 무기들도 도통 통하지가 않았다.

이대로 죽는 건가 싶었을 때 또 한 번 기적이 일어났다.

마나 하트를 사람에게 주입해 이능력을 발휘하는 이능력자들이 나타나게 된 것이다.

물론 모든 이가 마나 하트를 주입한다고 이능력자가 되는 건 아니었다.

이 실험에 자원한 이 중 구십 퍼센트는 죽어나갔고, 살아남은 십 퍼센트만이 이능력을 갖게 되었다.

이능력은 그 종류가 가지각색이었다.

신체를 강화시키거나 변화시키는 이가 있는가 하면, 염력이나 투시 같은 초능력을 다루는 이도 있었다.

혹은 원소의 능력을 자기 마음대로 다룰 수 있는 마법사 같은 존재들도 나타났다.

이능력자들의 대거 등장으로 인해 이후로 몇 번의 침략을 더 막아낼 수 있었다.

하지만 그것도 이제 한계에 다다라 있었다.

마나 하트로 힘을 얻은 이능력자들은 가뭄에 콩 나듯이 하는데 계속해서 침략하는 외계 종족은 늘 전에 상대했던 녀석들보다 배 이상 강했다.

그렇게 총 열 번의 침략을 받았을 때, 지구의 인류 중 10분의 9가 죽어나갔다.

지구 역시 예전의 푸르던 모습은 찾아볼 수 없었다.

다음번에 또다시 외계 존재가 침략을 해오면 분명히 지구는 멸망할 것이라는 게 살아남은 모든 이의 공통된 의견이었다.

그래서 전 인류는 미국이라는 땅덩어리에 모여 한 가지 연구에 집중하게 되었다.

그것은 바로 타임머신을 만드는 것이었다.

살아남은 모든 이가 타임머신을 유일한 희망으로 여기고 합심하여 작업에 착수했다.

배움이 있는 이들은 자신이 할 수 있는 분야에서 최선을 다해 타임머신 개발을 도왔다.

배운 게 없는 이들은 짐을 나르거나, 요리를 해서 연구원들의 영양 보충을 돕거나, 청소를 하거나 하는 잡다한 일을 맡았다.

나 역시 마찬가지였다.

내가 타임머신 개발 시설 '레트로(Retro)'에서 맡은 임무는 주요 연구 기관의 보안이었다.

쉽게 말해서 1급 경비원이었다.

그나마 나는 어느 정도 싸움을 할 줄 알았고 화기류도 제법 다뤘다.

해서 1급 경비원이라는 요직을 맡은 것이다.

월급 같은 건 없었다.

이 안에서는 인간이 살아가는 데 필요한 모든 것이 기본적으로 지급되었다.

상대적으로 오락 시설 같은 것은 적었지만, 인류가 멸망을 하느냐 마느냐 하는 기로 앞에 맘 편히 오락이나 즐기고 있을 사람은 많지 않았다.

하루하루가 시간과의 싸움이었다.

나는 하루 12시간 근무, 12시간 휴식을 취하는 식으로 돌아가며 근무를 섰다.

휴식을 취하는 동안엔 무조건 술을 마셨다.

그렇지 않으면 업무에서 오는 정신적 압박을 견디기 힘들었다.

내가 지키고 있는 주요 연구 기관 안에는 방사능 물질과 레트로의 모든 기능을 총괄하는 슈퍼컴퓨터 '마더(Mother)'의 두뇌가 있었다.

그리고 타임머신의 개발도 그 안에서 이루어졌다.

타임머신의 개발은 전 인류가 힘을 합친 만큼 빠르게 진행되었고, 이제 막바지 테스트만을 남겨둔 상황이었다.

그런데 그 기막힌 타이밍에 외계 종족은 또다시 지구를 침략했다.

접시처럼 생긴 커다란 비행물체가 미국의 하늘을 가득 뒤덮었다.

그 안에서 거미처럼 생긴 8층 건물 높이의 외계 종족이 비 오듯 쏟아져 내렸다.

이능력자들이 한데 모여 사력을 다해 그들과 전쟁을 벌였지만 속수무책으로 당하기만 했다.

레트로도 무사하진 못했다.

이미 여기는 폐허나 다름없는 꼴이 되어버렸다.

언제 어떻게 습격을 받아 이렇게 된 건지도 알 수 없었다.

경비를 서던 와중 쾅! 하는 굉음과 함께 큰 폭발이 일었고 나는 정신을 잃었다.

그리고 다시 정신을 차려보니 거대한 철근에 허리가 깔린 상태였다.

내 앞에서는 세 명의 이능력자가 다른 외계 종족보다 덩치가 다섯 배는 더 큰 녀석과 싸움을 벌이고 있었다.

난 그 이능력자들이 누군지 익히 알고 있었다.

이 세상에서 가장 강하다고 일컬어진 세 명의 이능력자, 이른바 미라클 엠페러(Miracle Emperor)라 불리는 이들이었다.

무기를 안 쓰고 주먹 하나로 맞서 싸우는 흑인의 이름은 댄젤 존스(Danzel Jones).

그의 능력은 주먹에 오러를 실어 날리는 오러 피스트(Aura Fist)였다.

그가 주먹을 휘두를 때마다 보랏빛의 오러가 쏘아져 나가 외계 종족을 가격했다.

댄젤은 현재 가장 강력한 오러를 구사하는 자다.

아무도 댄젤만큼 오러를 강력하게 연마하지 못했다.

그의 오러는 무엇으로도 막아낼 수 없었다.

마법을 사용하는 외계 종족들조차 댄젤의 오러 앞에서는 속수무책으로 당해야 했다.

댄젤은 단순히 오러를 주먹에만 싣는 것이 아니라 100미터 내에 있는 적에게 날려 보낼 수 있었기에 그를 상대하기란 여간 어려운 일이 아니었다.

댄젤의 옆엔 한국 여인 '유지연'이 있었다.

유지연은 뇌전의 능력을 다루는 이능력자였다.

그녀의 오른손엔 마나 하트가 박힌 지팡이 '인드라'가 들려 있었다.

인드라는 그녀의 마법 효과를 증폭시켜 주는 역할을 하는 아티팩트였다.

외계인의 뼈와 마나 하트를 조합해서 지구인이 만든 무기다.

마지막으로 두 사람과 조금 떨어진 곳에서 남아메리카 출신의 '시저(Caesar)'가 그들을 서포트하고 있었다.

시저의 능력은 테이밍(Taming)이었다.

세상에 그가 길들이지 못하는 동물은 없었다.

심지어 그는 외계 종족까지도 테이밍할 수 있었다.

한데 외계 종족들은 그에게 테이밍당하는 순간, 정신이 완전히 지배되기 전에 스스로 목숨을 끊어버렸다.

때문에 그는 '사신'이라 불리기도 했다.

그러나 시저가 미라클 엠페러 3인 중 한 명이 될 수 있었던 이유는 바로 불사조라 불리는 피닉스를 테이밍하게 되면서부터였다.

전설 속의 새라고만 전해졌던 피닉스는 실제로 지구에 존재했고, 시저가 이를 찾아내 길들여 버린 것이다.

미라클 엠페러 세 사람은 모두 외계 종족의 피부로 만든 갑주를 걸치고 있었다.

난 그들이 제발 저 빌어먹을 외계 종족을 짓밟아주길 간절히 빌고 또 빌었다.

댄젤은 원투 잽을 무시무시한 속도로 연사했다.

그가 주먹을 휘두를 때마다 붉은 오러가 화살처럼 날아가 외계 종족에게 격돌했다.

오러 애로우(Aura Arrow)였다.

콰콰콰콰콰쾅!

엄청난 굉음이 고막을 아리게 만들었다.

"흐아아압!"

댄젤의 기합과 함께 그의 주먹에 지금까지와는 비교가 안 될 만큼 거대한 오러가 맺혔다.

오러는 점점 크게 불어나 바윗덩이만 해졌다.

'저건 설마!'

나는 어쩌면 죽음을 눈앞에 둔 상황에서도 설렘으로 가슴이 두근거렸다.

댄젤이 지금 사용하려는 건 그의 가장 강력한 기술인 오러 플라즈마(Aura Plasma)다!

댄젤의 두 주먹에 맺힌 큰 오러 덩어리가 갑자기 수축하더니 환한 빛을 뿜어냈다.

"하아아아압!"

댄젤이 외계 종족의 광선 공격을 피하며 앞으로 달려 나갔다.

유지연은 외계 종족에게 뇌전을 계속 뿌리며 댄젤을 엄호했다.

세상이 번쩍이며 하얀 암흑으로 물들 때마다 대지가 울리고 가죽 북 찢어지는 소리가 연달아 고막을 두들겼다.

피닉스는 쉴 새 없이 용암을 쏟아냈다.

닿는 것들은 그 즉시 녹여 버리는 초고열의 용암은 붉다기보다는 하얬다.

외계 종족의 전신을 용암과 벼락이 무섭게 휘감았다.

짜르르르릉!

쿠르르르릉!

대지와 하늘은 떨어지는 번개와 쏟아지는 용암에 몸살을 앓았다.

외계 종족은 한 걸음을 제대로 떼지 못한 채 가만히 서 있었고, 그들이 발 디딘 땅은 계속해서 충격을 받아 깊이 파여 나갔다.

이제는 운석이 떨어진 듯 거대한 홈이 생겼다.

그 안에 푹 빠진 외계 종족의 전신을 밖에서 흘러들어 온 용암이 잠식했다.

부글부글 끓는 용암은 다시 주변의 흙과 바위를 녹이며 점점 더 넓고 깊은 용암 호수를 만들어 나갔다.

그럴수록 외계 종족의 몸은 계속 밑으로 가라앉았다.

그때, 유지연의 최강의 기술이 작렬했다.

"뇌섬(雷殲) 최종식, 벽력멸(霹靂滅)!"

유지연이 들고 있던 인드라에서 푸른빛의 마나가 요동쳤다.

이어 하얀 섬광이 사위를 물들였고, 지금까지와는 차원이 다른 충격이 천지를 떨어 울렸다.

쾅! 쾅! 쾅! 쾅! 쾅! 쾅! 쾅!

같은 자리에서 수십 갈래의 번개 다발이 십수 번 떨어졌다.

저걸 맞고도 살아남는다면 인간은 절망의 길을 걸어야 한다고 보는 게 맞을 것이다.

한데 거기서 끝이 아니다.

아직 댄젤의 오러 플라즈마가 남아 있었다.

외계 종족이 용암에 완전히 잠기기 전, 댄젤은 훌쩍 뛰어올라 녀석의 정수리에 오러 플라즈마를 꽂아 넣었다.

콰아앙!

댄젤이 주먹을 때려 박음과 동시에 충격파에 휩싸여 뒤로 날아갔다.

용암 호수를 벗어나 지면 위에 무사히 안착한 댄젤의 뒤로 유지연과 시저가 다가와 섰다.

오러 플라즈마는 외계 종족의 정수리에서 더욱 환한 빛을 내뿜다가 한순간 거대한 폭발을 일으켰다.

콰아아아앙!

그 파괴력이 얼마나 매서운지 소닉붐이 일어 주변에 있던 레트로의 잔해들을 모두 날려 버렸다.

분명히 죽었을 것이다!

나는 그렇게 생각했다.

미라클 엠페러 셋이 총력을 다한 공격이었다.

끓은 용암 호수 속에서 그 엄청난 기술과 마법에 당하고도 숨이 붙어 있을 리 없었다.

그런데.

그어어어어어어어.

공허 속에서 울려 퍼지듯 섬뜩한 신음이 들려옴과 동시에.

스팟!

한 줄기 검은빛이 일어 하늘로 치솟았다.

아니, 그것은 검은빛 같은 게 아니었다.

용암 호수에서 빠르게 튀어나온 외계 종족의 잔상이었다.

콰아앙!

외계 종족은 몸에서 용암을 뚝뚝 떨어뜨리며 미라클 엠페러들의 앞에 섰다.

놀랍게도 놈은 대미지를 입기는커녕 피부에 작은 상처 하나 생기지가 않았다.

절망적이었다.

키르르르르르르르륵!

외계 종족이 기음을 흘리며 몸을 바르르 떨어댔다.

놈은 명백하게 미라클 엠페러들을 비웃고 있었다.

그러다 갑자기 외계 종족의 입이 쩍 하고 벌어졌다.

그 안에서 보랏빛의 광선이 쏘아졌다.

그것은 미라클 엠페러들과 피닉스, 그리고 철근에 깔려 있던 나와 내가 지켜야 했던 주요 연구 기관마저 집어 삼켰다.

보랏빛 광선에 닿은 것들이 한순간 모래알처럼 흩어졌다.

마치 모든 것이 분자 단위로 분해되어 버리는 것 같은 광경이었다.

동시에 주요 연구 기관이 터지며 기분 나쁜 파동이 내 전신을 휘감았다.

─위험… 니다. 방사능 물질이 외부… 유출……. 슈퍼컴퓨터 두뇌… 파괴……. 타임머신… 알 수 없는 외부적… 요인… 강제 작동……. 제어 불능… 제어 불능…….

내 옆에 반파된 스피커에서 무뚝뚝한 여인의 음성이 치지직거리는 잡음과 뒤섞여 들려왔다.

그것은 슈퍼컴퓨터 마더의 음성이었다.

콰아아아앙!

거대한 폭발과 함께 큰 굉음이 울렸다.

땅은 지진이 난 듯 흔들렸고 화염의 회오리가 몰아쳤다.

내 기억은 거기에서 끊겼다.

신기하게도 고통은 없었다.

하지만 이게 내 마지막이며 죽음으로 가는 길이라는 건 확실히 인지할 수 있었다.

인류는… 종말을 맞았다.

Chapter 1.
회귀

전율은 항상 생각했다.

인생을 한 번만 다시 살 기회가 주어진다면 좋겠다고.

그렇게만 된다면, 다시는 시궁창 같은 삶을 살지 않겠노라
고.

하지만 죽어버린 지금에서야 그런 생각들은 다 부질없어졌
다.

있는 그대로 얘기해 보자면 전율은 인간쓰레기였다.

어린 시절 전율은 제법 부유한 집안에서 태어나 남부러울
것 없이 자랐다.

갖고 싶은 게 있으면 다 가질 수 있었고, 하고 싶은 게 있으면 무엇이든 했다.

그게 당연한 것인 줄만 알았다.

한데 그가 12살이 되던 무렵부터 집의 가세가 갑자기 기울었다.

아버지의 사업이 부도가 났기 때문이다.

하지만 아직 어렸던 전율은 집안이 망했다는 걸 제대로 실감하지 못했다.

그저 당연히 해오던 걸 못 하게 되었다는 사실이 힘들 뿐이었다.

지금껏 누리던 모든 권리를 빼앗긴 기분이었다.

그때부터였다.

전율이라는 인간이 비뚤어지기 시작한 것이.

집안에서는 이제 떼를 쓰고 난동을 부려도 갖고 싶은 걸 사주지 않았다.

하고 싶은 것도 마음대로 할 수 없었다.

그렇다면 집이 아닌 다른 곳에서 돈을 마련해야 했다.

그래서 전율은 학교 친구들의 용돈을 갈취했다.

흔히 말하는 삥을 뜯은 것이다.

그게 못된 짓이라는 인식도 없었다.

그저 늘 부족하다는 생각으로 삥을 뜯었다.

돈을 주지 않으려는 녀석은 무조건 때렸다.

그러다 보니 전율은 아이들에게 공포의 대상이 되어 있었고, 나중에는 학교 짱이 되어 아이들의 머리 위에 군림했다.

집이 망했어도 아이들 사이에서 대장 노릇을 하고 다니니 즐거웠다.

돈도 얼마든지 벌 수 있었다.

아이들은 전율에게 삥 뜯긴 걸 다른 어른들에게 말하지 못했다.

끼리끼리 어울린다고, 주먹을 쓰는 전율의 주변엔 똑같이 주먹 쓰는 녀석들만 가득했다.

해서, 혹여라도 보복을 당할 것이 두려워 함구한 것이다.

중학교에 입학하던 날.

전율은 담배를 배웠다.

같이 어울려 다니던 녀석들 중 찬호라는 놈이 권해서 배우게 된 것이다.

처음 한 모금을 빨았을 땐, 숨이 턱 막히며 사레들린 듯 기침이 나왔다.

이걸 왜 피우나 싶었다.

그런데 계속해서 하다 보니 제법 괜찮았다.

이후로는 학교에서 선생님들 몰래 담배 피우는 게 하루의 중요한 일과가 되었다.

술도 그 무렵에 배우게 되었다.

하지만 술은 찬호 같은 친구가 유혹해서 마시게 된 건 아니었다.

같은 중학교의 선배들이 군기를 잡는다고 1학년 주먹패들을 뒷산으로 불러내 몽둥이찜질을 한 뒤 술을 권했던 것이다.

전율은 처음으로 술을 배운 날 주는 대로 받아 마시다가 필름이 끊겼다.

정신이 들었을 땐 전율을 때렸던 선배들을 모두 초주검으로 만들어놓은 후였다.

2학년, 3학년 할 것 없이 모두 반 죽여놓았다.

전율의 손에는 피 칠갑이 된 야구방망이가 들려 있었다.

선배들이 신입생들의 엉덩이를 후려쳤던 그 야구방망이였다.

이유도 없이 맞았던 게 억울했던 모양이다.

필름이 끊긴 상태로 그런 짓을 저질렀다는 게 당시 전율은 스스로도 믿기지 않았다.

하지만 그 이후로 전율은 술을 과하게 마시면 꼭 누군가를 폭행하곤 했다.

이후로 중학교에서 전율을 건드리는 사람은 아무도 없었다.

신입생이 하룻밤 새 선배들을 혼자서 때려눕혔으니 당연한 일이었다.

사실 그것이 꼭 불가능한 건 아니었다.

전율은 또래들보다 덩치가 훨씬 좋았고 건장했다.

키는 이미 180에 가까웠고 골격도 장대했으며 힘과 스피드도 월등히 뛰어났다.

괜히 친구들 사이에서 이름 대신 거인이라고 불렸던 게 아니다.

그렇게 학교 하나를 어린 나이에 주름잡고 나니 더더욱 그 방탕한 생활이 즐거웠다.

좀 논다는 여자아이들은 전율이 술자리를 벌이면 어떻게든 끼려고 했다.

그러고서는 어떻게든 전율의 옆자리를 차지하려고 제들끼리 기 싸움을 벌였다.

술이 좀 들어가면 알아서 옷을 벗었다.

집은 지옥이었지만 밖으로 나가면 천국이었다.

비로소 잃어버렸던 모든 것을 다시 다 가진 것만 같았다.

그렇게 중학교를 졸업하고 고등학교에 입학했다.

고등학교를 가서도 달라진 건 별로 없었다.

전율은 여전히 주먹으로 유명했고, 괜히 시비를 걸어오는 녀석을 봐주고 넘어가지 않았다.

고등학교 역시 선배들을 전부 짓밟고 입학 두 달 만에 짱이 되었다.

이후로 선배들은 전율은 물론이며, 1학년 전체를 알아서 피했다.

그야말로 군림천하였다.

그러다 고등학교 1학년 하반기에 큰 사건 하나가 터졌다.

그간 전율을 좀 아니꼽게 보던 2학년 짱 정성민이 작정을 하고 덫을 쳐서 다른 주먹패들과 합심해 전율을 밟으려 한 것이다.

도망?

그런 건 전율에게 있을 수 없었다.

18 대 1의 싸움이었지만 전율은 모두 때려눕혔고, 덫을 치는 데 앞장선 정성민의 머리를 돌멩이로 후려쳤다.

그 일로 정성민은 결국 식물인간이 되었다.

그리고 전율의 인생에 처음으로 빨간 줄 하나가 그어졌다.

감옥에서 2년을 썩은 뒤 밖으로 나온 전율은, 군대를 가는 대신 공익 요원으로 근무했다.

시청에서 관리하는 주민체육센터가 그의 일터였다.

한데 공익 생활을 하는 와중에도 선배들을 때렸고, 공무원과 툭하면 싸우는 바람에 계속 징계를 먹었다.

그 덕분에 남들 1년 10개월이면 끝나는 공익을 2년 4개월이나 하게 되었다.

공익 생활이 끝난 뒤엔 집에서 밥만 축냈고 그 무렵, 전율의 여동생 소율이가 죽었다.

　당시 한창 춘천을 떠들썩하게 만들던 살인마가 있었다.

　녀석은 교복 입은 여학생들만을 대상으로 범행을 저질렀고 그 희생자 중 한 명이 소율이였던 것이다.

　소율이가 죽고 난 뒤, 두 달여 정도가 지나 살인마는 체포되었다.

　더 이상의 무고한 희생자는 생겨나지 않았지만 그것으로 다행이라고 할 수 없는 게 피해자 가족들의 심정이었다.

　전율의 가족도 그랬다. 이미 죽어버린 소율이를 되살릴 순 없었다.

　누구보다 막내 소율이를 예뻐했던 첫째 하율이는 그때의 정신적 충격으로 반쯤 미쳐 버렸다.

　부모님은 힘든 생활고와 망가지고 죽어버린 자식들이 주는 아픔을 어떻게든 안고 살아가려 했다.

　전율은 그런 집구석이 싫어 밖으로 나가 작은 조직에 들어갔다.

　이후 2년이 지난 뒤 아버지는 채무자들의 횡포를 견디다 못해 자살했고, 다시 반년이 지나 어머니는 병을 얻어 돌아가셨다.

　하율이는 완전히 미쳐 버려 정신병원에 들어갔다.

이후의 인생은… 그전과 비교할 수 없을 정도로 엉망이었다.

더 이상 잃을 게 없던 전율은 그야말로 막 살았다.

무조건 남의 것을 빼앗고 약한 이를 짓밟는 데만 혈안이 되어 있었다.

하루라도 손에 피를 묻히지 않는 날이 없었다.

그렇게 다시 4년 후.

1차 외계 종족의 침공이 일어났다.

그때 전율이 살던 마을은 외계 종족의 공격에 산산이 부서졌다.

그리고 하율이가 들어가 있던 정신병원도 불바다가 되었다.

그다음은 인류와 외계 종족과의 치열한 싸움으로 점철된 역사였다.

공포로 얼룩진 역사 속에서 전율이 한 것이라곤 비루한 목숨 하나 어떻게든 건사한 것.

그거 하나였다.

가족에게 전율이 해준 건 아무것도 없었다.

'후우… 빌어먹을.'

이따위 인생을 살다가 멍청하게 죽는 걸 바란 건 아니었는데.

전율이 부질없는 후회를 하고 있던 그때였다.

[…부팅 완료. 시스템 재가동.]

'뭐지?'

[…기계적 요소 찾을 수 없음. 생체 반응 확인. 정보 수집 시작.]

'뭐라는 거야?'
갑자기 들려온 미지의 음성에 전율은 겁이 덜컥 났다.

[정보 수집 완료. 수집된 정보를 바탕으로 동기화 시작. … 0% …3% …7% …14%…….]

'가만, 이 목소리 들어본 적이 있는데?'
전율은 기억 속에서 그 목소리의 정체를 찾았다.
놀랍게도 그것은 레트로의 슈퍼컴퓨터 마더의 음성이다.
하지만 지금 마더의 음성이 들려올 리 없었다.
마더는 전율과 함께 외계 종족의 공격을 받아 파괴되었다.
그럼 내가 꿈을 꾸고 있는 것인가?
죽은 사람도 꿈을 꾸나?

전율은 혼란스러워졌다.

[…97% …100% 동기화 완료. 전율 님의 상태를 스캔합니다.]

순간 전율의 몸 전체가 간질거렸다.

'몸이 간질거린다고?'

죽었을 게 분명한 게 이토록 확연한 육신의 감각이 느껴진다니?

전율은 너무 놀라 자기도 모르게 헛숨을 들이켜며 눈을 떴다.

"헉!"

홉떠진 그의 시야에 익숙하면서도 낯선 듯한 천장이 보였다.

이어 누군가의 목소리가 들렸다.

"깜짝이야!"

앳된 여인의 목소리였다.

방금 들었던 마더의 음성과는 확연히 달랐다.

"……."

하지만 전율은 그 목소리에 신경 쓸 여유가 없었다.

눈에 들어온 천장이 옛날 그가 가족과 함께 살았던 낡은 집의 천장이라는 걸 인지했기 때문이다.

'어떻게 된 거지? 내가 꿈을 꾸고 있는 건가?'

전율의 가슴이 격하게 뛰기 시작했다.

그의 집은 외계 종족의 1차 침공 때 완전히 박살 났었다.

그러니 이게 전율의 눈에 보여서는 안 되는 것이다.

[스캔 완료. 지금부터 저는 전율 님의 육신과 정신에 깃들게 됩니다.]

또다시 마더의 음성이 들려왔다.

하지만 전율은 마더가 무슨 말을 하는 것인지 도통 이해할 수가 없었다.

'내 육신과 정신에 마더가 깃든다니? 그게 뭐야?'

[전율 님의 육신엔 미미한 마나의 기운이 느껴집니다.]

마나는 외계 종족의 마나 하트를 주입받은 이능력자들에게만 존재하는 것이다.

그러니까 마더는 지금 전율이 이능력자가 되었다고 말하고 있었다.

열에 아홉은 죽어나가고 한 명만 살아남아 탄생한다는 그 이능력자 말이다.

하지만 전율은 자신이 이능력자가 되었다는 것에 놀랄 수 없었다.

지금 이 상황이 꿈인지 생시인지 확실치 않았기 때문이다.

[전율 님께서는 천문학적인 경우의 수, 즉 기적과 같은 현상으로 인해 죽음에서 되살아났습니다.]

죽음에서 되살아났다니.

어떻게 그런 일이 가능한 건지 알 수 없었다.

[외계 종족의 공격으로 주요 연구 기관의 방사능 물질이 터졌습니다. 전율 님은 방사능에 오염되었고 유전적 변이가 일어났습니다. 그때 외계 종족의 광선이 전율 님과 미라클 엠페러 셋, 피닉스, 타임머신, 그리고 저를 분자 단위로 분해시켰습니다. 한데 그 모든 것이 한 군데 뭉쳐졌고 거기에서 제 기억은 끊어졌습니다. 다시 정신을 차렸을 때 저는 전율 님과 일체화되어 있었습니다. 아울러 전율 님의 육신과 정신을 스캔한 결과 광선에 휩쓸렸던 미라클 엠페러들의 이능력이 전승된 걸 확인할 수 있었습니다.]

전율로서는 쉬이 믿을 수가 없는 말이었다.

죽음에서 되살아난 것도 기적인데 마더의 인공지능과 미라클 엠페러들의 이능력을 전승받았다니?

[전율 님의 몸 안에는 단전과 심장을 이어주는 기이한 통로가 존재합니다. 그것이 무엇인지는 확인 불가능합니다.]

이후로 마더는 아무런 말이 없었다.

전율 역시 한동안 벙어리처럼 입을 다물고 석상마냥 굳어 있었다.

전율은 이게 꿈이 아닌가 싶었다.

그때, 조금 전에 들었던 여인의 목소리가 다시 들려왔다.

"율아, 너 가위 눌렸어? 아까부터 눈만 동그랗게 뜨고 왜 그러는 거야, 사람 불안하게."

그제야 전율은 그 목소리의 주인이 누구인지 알 수 있었다.

바로 전율의 누나 전하율이었다.

이런 멍청이, 왜 처음 들었을 때 바로 알아채지 못했을까?

그토록 그리워했던 가족의 목소리였는데.

꿈속에서만 들을 수 있었던 내 피붙이의 목소리였는데.

전율은 몸을 벌떡 일으켰다.

그의 눈앞에 불안한 시선으로 자신을 바라보는 하율이 있었다.

'어떻게……?'

하율은 분명히 죽었다.

한창 꽃다울 나이에 사람답게 살아보지도 못하고서 미쳐 버린 하율이었다.

하율은 정신병원에 들어갔다가 외계 종족의 1차 침공 때 불바다가 된 병원과 함께 죽고 말았다.

그래서 전율의 가슴 안에 크나큰 한으로 남아 있었다.

한데, 그랬던 하율이 책상에 앉아 아직 멀쩡하고 예뻤던 그 모습 그대로 전율을 바라보고 있었다.

'꿈이 아니겠지?'

전율이 자신의 뺨을 세게 꼬집었다.

"악!"

"꺅! 너 왜 그래!"

하율이 놀라서 고함을 질렀다.

그런 하율을 보는 전율의 눈에 눈물이 차올랐다.

"누나……."

꿈이 아니다.

현실이었다.

가슴속에서 벅찬 감동이 복받쳐 올랐다.

하지만 전율과 달리 하율은 무섭기만 했다.

잘 자다 일어나서 자기 뺨을 꼬집고 갑자기 울어버리는 남동생이 정상이 아닌 것만 같았다.

평소에도 전율은 정상이라기보단 미친놈에 가까웠다.

남 기분이 어떻든 무조건 자기 기분에 따라 행동했기 때문이다.

하율은 천천히 의자에서 몸을 일으켰다.

"왜 울어, 갑자기?"

하율은 여차하면 방에서 도망칠 낌새였다.

그럴 만도 했다.

그 시절의 전율은 가족들에게 패악질이나 하며 살았었으니까.

전율은 당장 달려가서 하율을 끌어안으려 했다.

"누나!"

그러자 하율은.

"꺄악!"

기겁해서 방을 뛰쳐나갔다.

*   *   *

일단 전율은 집 밖으로 나왔다.

하율이가 놀란 상태였고 자기 자신도 뭐가 어떻게 된 건지 생각을 정리할 필요가 있었기 때문이다.

"분명 우리 집은 1차 침공 때 사라졌는데……."

머리가 복잡해진 전율은 담배가 땡겼다.

버릇처럼 바지 주머니에 손을 넣어 담배를 찾았다.

한데 손에 들려 나온 건 담배가 아닌 스마트폰이었다.

"이건… 이미 사라진 지 오래된 건데."

미래에선 스마트폰이 사라지고 소울 폰이라는 것이 등장한다.

소울 폰은 투명하고 얇은 셀로판지처럼 생겼는데, 그것을 몸의 아무 곳에나 부착해서 사용할 수 있었다.

소울 폰을 몸에 부착하면 폰의 모든 기능이 망막에 맺힌다.

마치 지금의 전율이 상태창을 눈으로 보는 것처럼.

소울 폰은 사용자의 뇌파를 읽어 그가 원하는 것을 실행시켜 준다.

전화, 게임, 인터넷, 동영상, 화상 통화 그 모든 것을 손대지 않고도 실행 가능하도록 만들어주는 것이 바로 소울 폰이었다.

"혹시……?"

전율은 설마 하며 스마트폰을 켜서 날짜를 확인했다.

"2009년 3월 17일?"

2009년이라는 숫자를 보는 순간 전율의 온몸에 소름이 돋았다.

전율이 죽음을 맞았던 건 2020년이었다.

그러니까 지금이 그때로부터 딱 11년 전이라는 얘기다.

"내가… 과거로 돌아왔어?"

2020년 전율은 33살의 나이로 죽음을 맞았다.

그러니까 2009년이면 그가 22살이라는 말이 된다.

전율은 황급히 자신의 손을 확인했다.

"없어……."

외계 종족의 1차 침공 때 다쳤던 오른손의 커다란 흉터가 보이지 않았다.

그때 전율은 마더가 했던 말을 떠올렸다.

전율의 몸에 유전자 변이가 일어났고, 광선에 휩쓸렸던 미라클 엠페러 셋과 타임머신, 그리고 불사조와 마더의 인공지능까지 한데 합쳐졌다는 것!

레트로에서 연구했던 타임머신의 능력은 과거로 돌아가는 것이었다.

그리고 불사조의 능력 중 하나는 죽음에서 한 번 부활하는 것이었다.

그러니까 전율은 그 두 개의 능력으로 인해 과거로 회귀해 부활했다는 말이 된다.

"하… 하하하! 하하하하하하!"

전율은 대문 앞에 서서 미친 사람처럼 웃음을 터뜨렸다.

이건 신이 주신 기회였다.

전율이 다시 한 번 인생을 제대로 살아볼 수 있는 기회!

과거로 돌아왔으니 전율은 미래에 벌어질 굵직한 일들을 전부 알 수 있었다.

그 말은 불행하기만 했던 자신의 가족사도 바꿀 수 있다는 것이다.

물론 외계 종족의 침략에도 대처해야 한다.

하지만 당장은 그런 얘기를 해봤자 믿어줄 사람이 아무도 없었다.

외계 종족이 1차 침공을 하는 것은 앞으로 6년 후다.

전율이 우선적으로 해야 할 일은 가족의 일부터 바로잡는 것이다.

전율은 웃음을 뚝 그치고 마음을 진정시켰다.

그리고 가장 먼저 자신이 해야 할 일이 무엇인지 생각했다.

'가만… 2009년 3월 17일이면……'

전율의 여동생 소율이가 아직 죽기 전이었다.

소율이는 지금 고등학교 2학년생이다.

전생에서 그녀는 2009년 3월 24일에 학교 연극 동아리 활동을 마치고 밤늦은 시간 귀가하다 살인을 당했다.

요일까지 기억한다.

정확히 화요일이었다.

어찌 그날을 잊을 수 있단 말인가?

여동생이 살인을 당한 그날을 전율은 평생 잊지 못했다.

그런데 아직 그날은 오지 않았다.

"막을 수 있어!"

몰랐을 때야 손을 쓸 수 없었지만 지금의 전율은 미래를 알고 있다.

그러니 소율이의 죽음을 얼마든지 막을 수 있었다.

전율은 스마트폰의 시간을 확인했다.

"4시 37분."

소율이는 아직 학교에 있을 시간이다.

"학교에 가볼까?"

소율이의 얼굴이 너무 보고 싶었다.

하지만 이내 전율은 고개를 절레절레 저었다.

가봤자 소율이한테 좋은 소리 못 들을 게 뻔했기 때문이다.

전율에게 꼼짝도 못하는 하율과 달리 소율은 늘 입바른 소리를 해댔었다.

'언제까지 그따위로 살 거야?'

'오빠 제발 정신 좀 차려.'

'왜? 때리려고? 때려봐! 오빠한테 맞아 죽는 한이 있어도 나는 할 말은 할 거야! 오빠가 제대로 살 때까지 몇 번이고 할 거라고!'

소율이의 잔소리를 떠올린 전율의 입가에 미소가 지어졌다.

생각해 보면 정말 고마운 동생이었다.

가족들이 다 전율을 포기했어도 여동생 소율이만큼은 끝까지 전율을 포기하지 않았었다.

전율의 집이 망하고 그가 본격적으로 탈선을 하기 시작했을 때부터 소율은 계속 전율을 바로잡아 주려 했다.

계집애가 깡다구도 어찌나 좋은지 모른다.

학창시절 막 사는 전율의 주변에는 똑같은 놈들만 가득했다.

그래서 그 무리가 붙어 다니며 비행을 저지르면 어지간한 어른이라도 모른 체하기 일쑤였다.

하지만 소율이는 달랐다.

전율이 교복을 입은 채로 굴다리 밑에서 친구들과 술을 먹고 있으면 득달같이 찾아와 정신 차리라며 고래고래 악을 써 대곤 했다.

당시에는 그게 짜증 나기만 했었다.

하지만 소율이가 죽은 뒤에는 그 잔소리가 얼마나 그리웠

는지 모른다.

"소율이는 이따 집에 오면 보기로 하고."

어머니와 아버지는 지금 일을 나가 있을 시간이었다.

어머니는 식당에서 오전 열 시부터 밤 열 시까지 설거지와 가게 청소를 한다.

아버지는 낮엔 노가다를 뛰고 밤에는 대리 운전을 하고 있다.

둘 다 어떻게든 살아가기 위해 노력하는 중이었다.

"무언가 돈 될 만한 거리가 필요한데."

전율은 미래에서 왔다.

때문에 그가 세상 돌아가는 일을 조금이라도 알고 있었다면 돈을 벌 수 있는 방법이야 많았을 것이다.

하나 안타깝게도 전율은 세상일에 전혀 관심이 없었다.

외계 종족이 지구를 침략했을 때가 되어서야 살아남기 위해 어쩔 수 없이 세상일에 귀를 기울였다.

그전까지는 만사에 '나 몰라라'였다.

그저 하루하루 하고 싶은 대로 하고 살기 바빴다.

'하다못해 로또 번호 하나라도 기억하고 있었으면!'

그랬다면 단번에 인생 역전할 수 있었을 텐데 무척이나 아쉬웠다.

과거의 로또 번호는 마더조차 모른다.

마더는 오로지 지구 방위 건물 레트로를 위해 만들어진 인공지능인지라 그런 정보는 가지고 있지 않았다.

그렇다면 대체 어떻게 돈을 벌어야 한단 말인가?

고민하던 전율은 손에 들고 있던 스마트폰을 바라보았다.

그리고 다급히 스마트폰에 깔린 어플을 확인해 봤다.

"없어."

그런데 그가 찾던 어플은 없었다.

앱스토어에 들어가도 보이지 않았다.

전율이 찾는 어플은 바로 까톡이었다.

까톡은 문자 메시지를 주로 이용하던 사람들에게 무료 채팅이 가능하게 함으로써 선풍적 인기를 끌며 후에는 게임, 웹소설, 쇼핑, 음악, 택시콜 서비스 등 다양한 분야에 진출하게 되는 어마어마한 어플이었다.

가히 한 시대의 패러다임을 바꿔놓았다고 해도 과언이 아니었다.

'이거다!'

전율은 자신이 먼저 까톡 프로그램을 개발해 서비스하면 큰돈을 벌 수 있을 것이라 확신했다.

문제는 개발에 필요한 비용과 함께 참여할 인원이었다.

미래를 알고 있다고 해도 전율에게는 그 분야에 전문적인 지식이 없었으며 투자 밑천도 없었다.

때문에 당장 손을 대기가 힘들었다.

고민은 다시 원점으로 돌아왔다.

'음악도 많이 듣긴 들었는데.'

전율이 아무리 세상일에 관심이 없어도 유행하는 노래들은 꾸준히 들어왔었다.

히트를 친 음악들을 그대로 카피해서 자기가 먼저 내놓으면 그것 역시 돈이 될 터였다.

하나 이 역시도 전율이 작곡을 할 수 있을 때의 얘기였다.

음악뿐만이 아니었다. 각 시대별로 대박을 터뜨리는 퓨전 음식이나 액세서리 같은 것도 알고 있었다.

그러니까 전율은 사회문제에 대해서는 관심이 없었지만 일상에서 접할 수 있는 유행에는 제법 민감했었다.

하지만 모두 다 당장 손을 대기 힘든 것들뿐이었다.

"하아."

계속해서 고민만 쌓여가던 그때였다.

지이이이잉—

스마트폰에서 진동이 일었다.

전화가 온 것이다.

액정에 뜬 발신자의 이름을 확인한 전율이 미간을 구겼다.

Chapter 2.
시저의 능력

'용식 형님.'

정말이지 오래간만에 보는 이름이었다.

그럼에도 딱히 반갑지는 않았다.

용식은 전율보다 딱 열 살이 많았는데, 지금은 조직 생활을 하고 있으며 질이 안 좋았기 때문이다.

과거에는 뭐가 좋다고 그 인간이랑 붙어 다녔는지, 지금 생각해 보면 한심하기 짝이 없었다.

일단 전율은 전화를 받아보기로 했다.

"네, 형님."

스마트폰에서 걸쭉하고 거만한 음성이 흘러나왔다.

—율아, 너 지금 뭐 하냐?

듣기만 해도 짜증이 치솟았다.

전율이 머리가 좀 크면서 못된 짓만 시킨 것도, 조직에 들어오도록 했던 것도 다 용식이었다.

전율의 인생에서 용식의 손을 탔던 일 중 좋았던 건 단 하나도 없었다.

그러다 보니 입에서 튀어나오는 전율의 말투가 절로 딱딱해졌다.

"집입니다."

—사무실로 좀 와라. 일 하나 해줘야겠다. 수고비 두둑하게 줄 테니까 당장 튀어 와.

항상 수고비는 두둑하게 챙겨주겠다고 하지만 막상 일을 해주고 들어오는 건 푼돈에 그쳤었다.

"무슨 일로 그러십니까?"

전율이 묻자 용식의 음성에 불쾌함이 어렸다.

—형님이 오라 그러면 오는 거지 뭔 말이 그리 많아?

"그래도 알아야겠는데요."

—뭐야?!

용식은 당연히 전율이 당장 튀어 올 줄 알았다.

늘 그랬던 녀석이니까.

한데 갑자기 반항을 하니 화가 머리끝까지 차올랐다.

—너 지금 반항하냐?

"그냥 묻는 겁니다."

—하아. 그래, 말해줄게. 수금이다. 후평동 보람 아파트 사는 김 사장한테 가서 돈 좀 받아 와라. 딱 천 받아 오면 된다.

'후평동 보람 아파트 사는 김 사장?'

그 말을 듣는 순간 전율은 전생의 기억 하나가 떠올랐다.

'전생에서 난 이 일을 맡아 했었어.'

당시 전율은 용식이를 그렇게 좋아하진 않았으나 시키는 일은 무엇이든 했었다.

용식이는 돈을 잘 벌었다.

성격은 거지 같았지만, 자기 말 잘 듣고 일 잘하는 후배들에게는 수고비 명목으로 용돈을 줬다.

물론 그 액수가 많은 건 아니었다.

하지만 배운 게 주먹질밖에 없는 데다 인성까지 개차반인 전율이 돈을 벌 수 있는 수단이 딱히 없었다.

그러니 용식이가 시키는 일은 무엇이든 할 수밖에.

그렇다 보니 후평동 보람 아파트의 김 사장이라는 사람에게도 찾아갔었다.

한데 김 사장의 딸이 전율과 같은 고등학교에 다녔던 김지우였다.

지우는 얼굴 예쁘고, 몸매 좋고 성적 우수하며 대인관계까지 원만했던, 이른바 엄친딸 같은 아이였다.

집도 그럭저럭 잘사는 편이었다.

그런데 불행은 한순간에 찾아왔다.

아버지의 사업이 부도가 났고 이리저리 유통할 돈을 구하다가 사채에까지 손을 대고 만 것이다.

물론 전율은 그런 사정까지는 알지 못했다.

그저 지우가 김 사장의 딸이라는 것에 조금 놀랐을 뿐이었다.

하지만 그뿐이었다.

늘 그랬듯이 전율은 수단 방법을 가리지 않고 김 사장을 협박했다.

김 사장은 당장 돈이 있긴 하지만 그건 투자금이라며 통 내놓질 않으려 했다.

이번에 확실한 정보로 괜찮은 주식 종목을 잡았으니 거기에 투자하면 두 달 안으로 사채 빚 삼천을 다 갚을 수 있다는 게 그의 말이었다.

이게 마지막 기회이니만큼 사정을 봐달라며 빌고 또 빌었었다.

그러나 전율은 기어코 천만 원을 받아냈다.

돈 가방을 들고 나가는 전율의 뒤로 지우의 독설이 날아들었다.

'사람 식물인간 만들어서 퇴학당하고 감방 가더니. 결국 이런 쓰레기 짓이나 하고 사는 거니? 진짜 불쌍하다.'

그렇게 세 달이 지난 후.
어느 날 용식이 전율에게 지나가는 말로 김 사장 일가에 대한 얘기를 해주었다.

'김 사장 자살했다데? 빚지고 목숨 끊으면 다 해결되는 줄 알았나 봐? 딸년만 불쌍하게 됐지. 얼마 전에 애들 시켜서 데려다가 사창가에 팔았다.'

결국 지우네 가족은 그렇게 파경의 길을 걷게 되었다.
전율은 마음이 찝찝했다.
그래서였을까?
혹시나 싶어 같이 일하는 동생 중 주식에 관심 있는 찬형이에게 김 사장이 말했던 주식 종목에 대해 물었다.
김 사장이 투자하려 했던 주식은 케이자동차였다.
찬형이는 케이자동차 주식이 똥값이 되었다가 두 달 새에 두 배 이상 뛰었다고 했다.

그런데 거기서 끝이 아니었다. 몇 달이 지난 후엔 열 배가 넘게 뛰어버렸다.

만약 전율이 그때 김 사장의 사정을 봐줬다면 지우네 가족은 다시 일어설 수 있었을지도 모르는 일이었다.

"형님, 저 그 일 못 하겠습니다."

전율이 용식의 부탁을 딱 잘라 거절했다.

아니, 사실 부탁이고 자시고 할 게 없었다. 그건 명령이었다. 그리고 용식은 자신의 명령에 불복하는 동생을 용서하지 않는다.

─지금 뭐라 그랬냐?

"못 하겠다고 했습니다."

용식은 어이가 없었다.

어제까지만 해도 그렇지 않았던 전율의 태도가 하루아침에 확 달라졌기 때문이다.

─율아, 너 뭐 잘못 먹었냐? 갑자기 왜 이러냐?

"드디어 정신을 차린 거라고 생각하시죠."

─…너 이러고도 무사할 거라고 생각하냐?

용식의 말이 전율은 우스웠다.

"형님, 제가 여태껏 형님이 무서워서 말 잘 들었다고 생각하십니까?"

돈을 주기 때문에 말을 듣는 척했던 것뿐이었다.

전율은 용식이 조금도 무섭지 않았다.

―율! 너 이 새끼! 당장 튀어 와!

용식의 가슴에서 분노가 확 치밀어 올랐다.

하지만 전율은 용식의 고함에 눈도 깜짝 안 했다.

"경고합니다. 김 사장 건들지 마세요. 만약 다른 애들 시켜서 건드리면 저 가만있지 않습니다."

―이 개새끼가!

"한 가지 약속드리죠. 두 달만 참으세요. 그러면 김 사장이 돈 고스란히 갚을 겁니다."

―무슨 헛소리야! 빨리 안 튀어 와!?

"끊겠습니다."

전율은 전화를 끊었다.

그리고 김 사장, 아니, 지우네 집으로 향했다.

전율이 가지 않으면 다른 녀석들을 시켜서라도 김 사장에게 보낼 인간이 바로 용식이었기 때문이다.

*   *   *

보람 아파트에 도착하는 동안 용식에게서 전화가 서른 통이 넘게 왔다.

하지만 전율은 모두 다 씹었다.

전율은 지우네 집이 정확히 몇 동 몇 호인지 기억나지 않았다.

벌써 11년 전의 일인지라 기억에서 지워진 지 오래였다.

그래서 정문을 지키고 섰다.

분명히 용식이는 다른 동생을 보냈을 것이다.

그렇게 이십 분 정도가 지났다.

검은색 세단 한 대가 정문을 지나쳐 안으로 들어갔다.

그 세단은 용식이의 차였다.

전율이 세단을 따라 달렸다.

세단은 103동 앞에 주차를 했다.

세단에서 김찬형과 유동재가 내렸다.

김찬형은 키가 크고 날렵했으며 신경질적으로 생긴 게 특징이었다.

생긴 것만큼 성격도 다혈질이었다.

유동재는 엄청난 덩치를 자랑하는 녀석이었다.

어렸을 때부터 유도로 몸이 다져졌기 때문이다.

둘 다 전율보다 한 살 어린 동생으로 일찍부터 용식이 밑으로 들어가 사채 일을 하는 놈들이었다.

전율이 동생들에게 다가갔다.

그러자 전율을 본 찬형이 먼저 고개를 꾸벅 숙였다.

"형님, 오셨네요?"

유동재도 덩달아 고개 숙여 인사했다.

"오셨습니까, 형님."

"그래."

"그런데 용식 형님이 화 많이 나셨던데요. 여기 안 온다 그러셨다면서요?"

유동재는 떨떠름하게 전율을 쳐다보며 말했다.

김찬형의 표정도 그다지 좋지는 않았다.

그들에게 있어서 용식이라는 존재는 절대적이었다.

때문에 그런 용식의 말을 어긴 전율이 곱게 보일 리가 없던 것이다.

"몇 호냐."

전율이 물었다.

그에 두 녀석이 시선을 교환했다.

대답을 한 건 김찬형이었다.

"201호예요. 생각… 바뀌셨어요?"

"아니."

"근데 왜……."

"내가 알아서 해결할 테니까 너희는 그냥 돌아가라."

"네?"

"돌아가라고."

김찬형과 유동재는 어처구니가 없었다.

이건 명백한 월권행위이며 하극상이었다.

다혈질인 김찬형의 미간이 대번에 구겨졌다.

"형님, 지금 무슨 말 하는 건지 알고 계세요?"

말만 형님이지 이제 그들은 전율을 형님이라고 생각하지 않았다.

전율이 김찬형에게 성큼 다가가 그를 내려다봤다.

김찬형의 키는 178로 그다지 작지 않은 편이다.

한데 전율의 키는 187이었다.

게다가 덩치도 좋았고 어디 한 군데 모난 부위 없이 균형이 잘 잡혀 있었다.

그런 전율이 코앞에 다가서니 찬형이 조금 위축되었다.

하지만 찬형은 지금 혼자가 아니었다.

한때 차세대 유도 유망주의 물망에까지 올랐던 유동재도 함께였다.

둘이서 붙으면 아무리 전율이라고 해도 충분히 제압할 수 있을 터였다.

"찬형아, 마지막으로 말한다. 그냥 가라."

"싫다면?"

김찬형이 말을 놓는 그 순간이었다.

빽!

"……!"

뭐가 어떻게 된 건지도 알 수 없었다.

타격음과 함께 김찬형의 오른쪽 턱에서 와그작! 하는 소리가 들렸다.

자신이 뒤로 널브러졌다는 걸 인지하는 데는 약간의 시간이 필요했다.

'뭐야, 방금?'

김찬형은 다시 일어서려 했으나 몸이 말을 듣지 않았다.

손가락 하나도 까딱할 수가 없었다.

아니, 오히려 점점 더 정신이 흐릿해지고 있었다.

까딱 잘못했다가는 그대로 기절할 판이었다.

김찬형이 쓰러지자마자 유동재가 전율의 품으로 파고들었다.

유도 선수를 상대할 때 가장 조심해야 하는 게 잡히는 거다.

한번 그 우악스런 손아귀 힘에 제압당하면 어? 하는 찰나 허공으로 붕 떠서 땅에 처박혀 버린다.

유동재는 거대한 덩치에도 불구하고 몸놀림이 날랬다.

몸을 숙이고 순식간에 다가온 유동재가 솥뚜껑 같은 손을 뻗었다.

손놀림도 얼마나 번개 같은지 전광석화가 따로 없었다.

유동재의 손이 마치 먹이를 노리는 뱀처럼 전율의 옷을 잡아챘다.

'됐다!'

유동재가 상체를 구부리며 몸을 틀려고 하는 찰나!

빽!

"억!"

왼쪽 뺨에 불에 덴 듯 화끈한 충격이 느껴졌다.

손에서 힘이 풀린 유동재는 저 혼자 핑그르 돌더니 김찬형의 옆에 나란히 쓰러졌다.

전율이 맞은 부위를 감싸 쥐고 끙끙대는 두 녀석에게 다가갔다.

'이런 녀석들은 어설프게 손봐서는 안 돼.'

주먹질이나 하고 살던 놈들은 한번 손볼 때 확실하게 짓밟아야 한다.

다음에 눈만 마주쳐도 다리에 힘이 풀리도록 만들어야 한다.

그렇지 않으면 몇 번이고 다시 개긴다.

이미 그런 바닥에서 오래도록 생활해 왔던 전율이다.

어차피 용식이와 척을 지기로 한 이상 이 두 놈과는 계속해서 대립할 터였다.

그래서 이번 기회에 확실히 정리하기로 마음먹었다.

'초주검으로 만들어 버린다.'

그런 마음이 이는 순간 갑자기 전율의 머리에서 이상한 기운이 일었다.

평생 한 번도 느껴보지 못한, 뭐라고 설명하기도 힘든 그런 기운이었다.

한데 그 기운은 이내 전율이 익히 알고 있는 성질의 것으로 변했다.

남을 위축시키는 기운, 위압감이었다.

*   *   *

전율은 저도 모르게 그 기운을 발산시켜 바닥에 쓰러진 두 녀석에게 쏘아 보냈다.

그러자 어떻게든 일어서려고 애쓰던 김찬형과 유동재가 그대로 굳어버렸다.

"……!"

"……!"

그들은 갑자기 몸을 짓누른 어마어마한 위압감에 손가락 하나 까딱 못 했다.

두 녀석의 시야에 비친 전율이 거대한 산처럼 보였다.

단언컨대 태어나서 단 한 번도 이런 위압감을 느껴본 적이 없었다.

그렇게 무서워하는 용식도 단지 기운만으로 그들을 꼼짝 못하게 만든 적은 없었다.

두 녀석의 숨이 턱턱 막혀왔다.

전율은 자신이 지금 무엇을 한 건지 알 수 없었다.

다만 위압감을 그들에게 쏘아 보낸 건 확실했다.

그때 전율의 머릿속에서 미라클 엠페러 중 한 명인 테이머 시저의 얼굴이 떠올랐다.

시저는 어느 매체와의 인터뷰에서 이렇게 말했었다.

'제 능력은 다른 이능력자들과 조금 다릅니다. 다들 오러나 마나를 이용하지만 전 스피릿(Spirit : 정신력)을 이용하죠. 그것으로 동물이나 외계 종족, 혹은 피닉스 같은 신수들을 제게 귀속시킵니다. 물론 사람을 제 노예처럼 부리는 것도 가능합니다. 하지만 그런 짓을 했다간 외계 종족 이전에 제가 먼저 다른 이능력자들에게 처단당하겠죠? 하하하, 아무튼 육체적인 능력은 보잘것없지만 바로 그 정신력이 절 미라클 엠페러의 자리에 올려놓아 준 겁니다.'

시저는 자신의 정신력을 크게 두 가지로 나누었다.

하나는 상대방을 위축시켜서 복종시키는 위압(危壓).

또 다른 하나는 상대방에게 호감을 일으켜 스스로 따르게 하는 호의(好意).

지금 전율이 사용하는 스피릿은 위압이었다.

전율은 스스로의 상태를 비로소 인지하고 스피릿을 조종해 위압을 더욱 가중시켰다.

그러자 굳어 있던 김찬형과 유동재의 사지가 바들바들 떨려왔다.

하지만 그것은 전율을 극도로 무서워하는 것일 뿐, 평생 그의 말에 복종하겠다는 의지는 보이지 않았다.

아직 전율의 능력은 크게 대단치 않은 상태였다.

그럼에도 김찬형과 유동재가 꼼짝을 못하는 건 그들의 정신 상태가 불안정했기 때문이다.

일반 사람들이 볼 때는 주먹 휘두르며 살아가는 이들의 멘탈이 강할 것이라고 오해하는 경우가 많다.

하지만 전율은 잘 안다.

오히려 그런 세계에서 살기 때문에 맞기 전에 때리고 제압하려는 것이다.

덩치 작은 강아지들이 무서워서 짖는 것과 같은 논리다.

정신력이 강하고 굳건한 사람은 굳이 눈을 매섭게 뜨고 껄렁거리며 걷지 않는다.

그 안에서 풍겨져 나오는 강인함으로 인해 누구도 함부로 하지 않기 때문이다.

그러나 김찬형과 유동재는 그런 부류가 아니었다.

이 바닥에 들어온 지도 얼마 되지 않았고, 사실상 가장 꼬바리다.

둘 다 제 깐에는 주먹 좀 쓴다고 생각하지만 전율이 볼 때는 삼류 양아치도 안 되는 놈들이었다.

게다가 일 제대로 못하면 언제 어떻게 조직에서 버려질지 모르는 입장이니만큼 늘 심신이 불안한 상태였다.

지나가는 사람 아무나 붙잡고 위압을 일으켜도 이들보다는 훨씬 더 잘 견뎌낼 게 분명했다.

전율은 쓰러진 두 녀석의 꼬라지를 살폈다.

이미 겁을 잔뜩 집어먹어 더 때릴 필요가 없었다.

"그냥 갈래, 아니면 여기서 반 죽을래?"

전율의 물음에 김찬형과 유동재는 입이라도 맞춘 듯 동시에 대답했다.

"그냥 가겠습니다!"

"셋 센다. 하나. 둘."

둘까지만 셌는데 조금 전까지 일어서지도 못하던 놈들이 벌떡 벌떡 일어나 차에 올라탔다.

검은색 세단은 격한 엔진음과 함께 아파트 단지를 빠져나갔다.

아마 돈도 못 받고 돌아온 두 놈은 용식이에게 죽도록 얻어

터질 것이다.

용식이는 조직에 들어온 지 얼마 안 되는 어린애들을 시험해 보는 걸 좋아한다.

될성부른 나무 떡잎부터 알아봐야 한다는 게 그의 지론이었다.

그래서 아직 조직에 들어가지 않은 전율에게도 가끔 일을 맡긴 것이었다.

가오 잡으라고 자기 차까지 빌려준 모양인데 성과는 꽝이니 이제 두 녀석의 하루도 꽝이 날 차례다.

전율은 걸음을 옮겨 103동 건물로 들어섰다.

＊　　　　＊　　　　＊

띵동―

203호의 인터폰 벨을 누르자 굵직한 중년 사내의 음성이 들려왔다.

―누구십니까?

지우의 아버지, 이른바 김 사장이었다.

"안녕하세요. 저 미래대부에서 왔습니다."

용식이가 꾸려 나가고 있는 사채업장 이름이 미래대부였다.

미래에는 자신이 세계 100 대 부자 안에 들게 될 것이라나

뭐라나.

다 개소리였다.

미래에는 모두 죽는다.

인터폰 너머에서는 대답이 없었다.

"문 좀 열어주시죠."

전율이 다시 말했다.

그러자 스피커에서 김 사장의 난감한 음성이 흘러나왔다.

一집은 좀 그런데… 다른 곳에서 얘기를 하는 게 어떻겠습니까.

"행패를 부릴 생각은 없습니다. 당장 돈을 달라고 하지도 않겠습니다. 다만 김 사장님이 위기를 해결해 나갈 방법을 같이 모색하고 싶어서 찾아온 겁니다."

전율은 자신의 진심이 어떻게든 김 사장에게 닿길 바랐다.

순간 또다시 머릿속에서 기이한 기운이 일었고, 그것은 곧 시저의 기술인 호의로 바뀌었다.

방금 전에 비슷한 경험을 했던 전율은 당황하지 않고 기운을 밖으로 내보냈다.

호의가 가득 담긴 따스한 기운은 닫힌 문을 너머 김 사장의 몸을 은은하게 감싸 안았다.

그러자 김 사장은 마음속의 불안함이 서서히 잠식되는 걸 느꼈다.

방금까지만 해도 불안함에 어금니를 꽉 깨물고 있었거늘 이게 무슨 조화인가 싶었다.

게다가 작은 모니터 너머로 보이는 청년의 얼굴도 제법 진정성이 있어 뵈는 게 호감이 갔다.

"믿어주십시오."

결국 인터폰에서 들려오는 잔잔한 전율의 음성에 김 사장은 마음을 굳혔다.

덜컥.

김 사장이 잠겨 있던 문을 열고 전율을 안으로 들였다.

거실에는 김 사장 말고 아무도 없었다.

하지만 전율은 김 사장의 아내와 지우가 안방에 숨어 있다는 걸 알고 있었다.

전생에서 전율이 김 사장을 구타하고 협박하자 모녀가 안방에서 뛰쳐나왔기 때문이다.

전율과 김 사장은 거실 바닥에 마주 보고 앉았다.

"김 사장님, 많이 힘드시죠?"

전율은 계속해서 호감을 김 사장에게 보내며 물었다.

김 사장이 쓸쓸한 미소를 지으며 고개를 끄덕였다.

"네, 그렇죠."

그런 김 사장의 모습이 전율의 가슴을 쿡쿡 찔러댔다.

지금은 아직 일어나지 않은 일이지만 어쨌든 김 사장 일가는 전생에서 전율 때문에 엉망이 되었다.

당장 이렇게 얼굴을 마주하고 있는 것 자체가 전율은 너무나 죄스러웠다.

"말 낮추세요. 저 22살입니다. 제가 김 사장님보다 한참 어립니다."

"아니, 괜찮아요. 빚쟁이 주제에 그런 알량한 자존심 지키려 들다간 남은 것도 다 잃고 말아요."

그것은 김 사장의 경험에서 나온 말일 것이다.

전율은 고개를 끄덕이고 본론을 꺼냈다.

"김 사장님, 아까 말씀드렸던 대로 당장 돈을 달라고는 하지 않겠습니다. 하지만 일단 빌린 돈이 있는 건 사실이고 그걸 갚아야 하는 것도 맞습니다. 김 사장님께서 사채를 쓰셨을 때 분명 이런 경우도 염두에 두셨을 거라 생각합니다."

"염두에 두긴 했지만 정말 이렇게까지 막장으로 가게 될 줄은 몰랐지요."

"김 사장님. 저한테는 솔직해지셔야 합니다. 혹, 기사회생할 수 있는 수단 같은 건 없습니까?"

전율의 말에 김 사장은 난감해했다.

하지만 그것도 잠시뿐, 호의에 노출된 김 사장은 이미 전율이 알고 있는 주식 얘기를 꺼내 들었다.

그때였다.

안방 문이 벌컥 열리며 김 사장의 아내와 지우가 튀어나왔
다.

"당신! 이딴 인간들한테 그걸 다 말해 버리면 어떡해요! 이
런 식으로 살살 구슬려서 숨겨놓은 거 죄다 가져가려는 거
몰라요!? 혼자 알아서 처리하겠다더니, 일 다 망쳐 놓으려고
우리더러 숨어 있으라 그런 거냐구요!"

김 사장의 아내, 혜미는 가슴을 퍽퍽 치며 주저앉아 울었
다.

지우가 그런 혜미를 위로하다가 원망스런 시선으로 김 사장
을 바라보았다.

그리고 더한 원망을 담아 집까지 찾아온 사채업자에게 눈
을 돌렸다.

그런데.

"…전율?"

전율의 얼굴을 확인한 순간 소스라치게 놀랐다.

그다음엔 증오가 치밀어 올랐다.

전율은 알지 모르겠으나 지우는 전율과 중학교 때부터 같
은 학교에 다녔다.

이미 전율은 못된 놈, 인간쓰레기로 악명이 높았다.

그래서 전율은 지우를 몰랐지만 지우는 전율을 알았다.

전율이 지우의 존재를 알게 된 건 같은 고등학교에 진학해

같은 반이 되고 나서였다.

지우는 그럼 그렇지 하는 얼굴로 전율을 바라보았다.

전율이 그런 지우의 시선을 느끼고 고개를 돌렸다.

지우는 전율이 어느 정도는 당황할 것이라고 생각했다. 그런데 아니었다. 그는 뻔뻔하게도 미약한 미소까지 머금고 인사를 건네왔다.

"지우야, 안녕. 너 여기 살았구나?"

"너 지금… 뭐하는 거야? 중고등학교 때도 쓰레기로 살더니 결국 이따위 짓거리나 하고 있는 거야?"

전생에서도 똑같이 들었던 얘기였다.

김 사장이 눈을 끔뻑거리며 전율과 지우를 번갈아 보았다.

"둘이… 아는 사이… 인가?"

"네, 김 사장… 아니, 지우 아버님. 고등학교 동창입니다."

"쓸데없는 소리 그만 지껄이고 나가!"

지우가 버럭 소리쳤다.

전율은 그런 지우를 바라보며 그녀에게도 호의를 보내려 했다.

하지만 불가능했다.

어쩐 일인지 갑자기 기운이 뚝 끊겨 버린 것이다.

'내게는 이 정도가 한계인가?'

이능력자라 해도 자신의 기술을 한도 끝도 없이 사용할 수 있는 게 아니었다.

능력을 사용하는 데는 한계치가 분명히 존재했다.

전율은 미라클 엠페러들의 능력을 전승받긴 했으나 극의의 형태가 아닌 초기 형태였다.

즉 걸음마 단계란 얘기다.

스피릿의 힘이 고갈되어 호의도, 위압도 사용할 수 없었다.

그렇다면 지우가 더 흥분하기 전에 일어나는 게 상책이었다.

남자는 상황을 이해하면 기분이 풀리지만, 여자는 기분이 풀려야 상황을 이해한다고 어느 심리학자가 말했었다.

감정적으로 격해져 있을 때는 어떤 얘기를 해도 들리지 않을 게 뻔했다.

전율이 자리에서 일어나 김 사장에게 공손히 인사를 건넸다.

"솔직하게 말씀해 주셔서 감사했습니다, 지우 아버님. 그리고 지우 말대로 저 어렸을 때 개차반이었습니다. 배운 게 주먹질밖에 없어서 지금은 이렇게 살고 있지만, 정신 차렸습니다. 이제 모든 걸 정리하고 제대로 살 생각입니다. 그리고 지우 아버님께서 말씀하신 천만 원, 미래대부에서 절대 손 못 대도록 하겠습니다. 앞으로 미래대부 측에서 전화가 오면 절대 받지 마세요. 그럼 이만 가보겠습니다."

전율은 서둘러 지우의 집에서 나갔다.

그러자 지우네 가족은 복잡미묘한 감정에 사로잡히고 말았다.

'내가 왜 그랬을까?'

김 사장은 덜컥 사채업자 사람의 말을 믿고 이것저것 떠벌린 자신의 행동이 이해가 안 갔다.

'정말이야, 아니야? 살짝 떠본 거야? 뭐냐구, 대체.'

혜미는 전율이 한 말이 사실인지 아닌지 아리송했다.

'…쟤 왜 저래? 내가 알던 전율이 맞는 거야?'

지우는 방금 봤던 전율이 자기가 알고 있던 전율과 많이 달라서 놀랐다.

하지만.

'뭔가 다른 꿍꿍이가 있는 거야.'

사람은 쉽게 변하지 않는다는 걸 지우는 알고 있었다.

Chapter 3.
시작의 던전

전율은 당장 용식의 사무실로 향했다.

용식이 지우의 가족에게 허튼짓을 하기 전에 막기 위해서였다.

용식은 이제 막 세상에 나온 애송이 주먹패들에게는 제법 힘 있는 존재였다.

하지만 춘천 바닥을 주름잡고 있는 진짜 건달들은 그를 우습게 본다.

용식이 그나마 제대로 된 건달들과 어깨를 나란히 하게 되는 건 3년 후다.

용식은 이번 연도에 케이자동차 주식을 사들여 대박을 친다.

그리고 그 돈으로 신북읍의 노는 땅을 헐값에 사들인다.

한 해가 더 지나 사들인 땅에다가 펜션 공사를 착수하는데 거기서 온천이 터져 버린다.

소 뒷걸음질 치다가 쥐 잡은 격이다.

용식은 대번에 부자가 되었고 막대한 자금력으로 조직을 키웠다.

결국 용식은 춘천에서 제법 영향력 있는 조직의 보스가 된다.

하지만 그러면 뭐하는가.

힘들게 키워놓은 조직도 딱 3년 동안 부귀영화를 누리다가 외계 종족들에게 모두 죽어버린다.

아무튼 지금은 다른 건달들과 연이 있기는커녕 오히려 눈 밖에 난 상황이었다.

조직 같지도 않은 어설픈 것들이 사채업을 하고 있으니 당연한 일이었다.

한마디로 용식이 패거리만 확실히 조져 놓으면 뒤탈 같은 건 없다는 얘기다.

전율은 혼자서 용식이 패거리를 정리할 자신이 있었다.

사무실에 상주하는 녀석은 용식이를 포함해 총 여섯 명이다.

용식이 패거리는 전부 아홉인데 그중 셋은 주로 바깥일을 보고 있다.

미래대부 사무실은 칠전동의 낙후된 빌딩 3층에 있었다.

택시 한 대가 그 빌딩 앞에 멈춰 섰고, 전율이 내렸다.

전율은 큰 걸음으로 걸어 단숨에 3층 사무실 문 앞에 도착했다.

용식이 패거리를 상대하기 위한 계획이나 작전 같은 건 없었다.

그냥 맨몸으로 부딪칠 뿐이다.

전율이 문을 힘껏 걷어찼다.

그런데 발끝이 타격점에 닿으려는 순간 문에서 환한 빛이 터져 나왔다.

화악!

"윽!"

전율은 한 손으로 눈앞을 가리며 황급히 뒤로 물러났다.

'용식이 자식이 눈치챘나?'

자기가 올 걸 알고서 무슨 수작을 부린 것 같았다.

전율을 주먹을 말아 쥐고서 앞으로 뻗으며 눈을 사납게 부라렸다.

그런데.

"어?"

사라진 빛 대신 나타난 건 용식이 패거리가 아니라 새하얀 공간이었다.

"뭐야?"

전율은 앞뒤를 살펴보고 좌우를 살펴보고, 마지막으로 상하를 살펴본 뒤 기겁했다.

그곳은 말 그대로 그저 하얗기만 했다.

땅과 하늘의 경계도 없었다.

전체가 통으로 하얬다.

마치 새하얀 우주에 둥둥실 떠 있는 기분이었다.

그때 전율의 앞에 황금빛 드레스를 걸친 미모의 여인이 나타났다.

"……!"

아무것도 없던 허공에서 갑자기 사람이 나타나자 전율은 당황했다.

하지만 이내 마음을 다스렸다.

미래엔 투명화라든가 공간이동 같은 힘을 사용했던 이능력자들도 있었다.

그걸 생각하면 지금 벌어진 상황에 딱히 놀랄 것도 없었다.

"반가워요."

여인의 입에서 흘러나온 언어는 한 번도 들어본 적 없는 생소한 것이었다.

놀라운 건 그럼에도 불구하고 전율은 여인의 말을 이해하고 있었다는 것이다.

전율은 자기도 모르게 마주 인사를 건네려다가 여인의 얼굴을 자세히 살펴보고서 숨이 턱! 하고 막혔다.

물론 여인의 미모는 뭇 남성들의 숨을 막히게 할 만큼 치명적으로 아름답긴 했다.

작고 또렷한 이목구비에 하얀 피부, 그리고 유려한 턱선까지.

하지만 지금 전율의 숨이 막힌 건 그 때문이 아니었다.

'저 얼굴……'

어찌 잊을 수 있으랴.

지구가 외계인에게 침략하기 전 8일 동안 하늘에 떠서 지구를 관찰하는 그 얼굴이었다.

*   *   *

전율이 명백한 적의를 드러내자 여인이 고개를 갸웃거렸다.

"왜 그렇게 절 경계하시죠?"

"널 봤으니까."

여인은 이해가 가지 않는다는 얼굴이었다.

"저는 당신을 본 기억이 없는걸요."

"아니, 난 봤어. 앞으로 다가올 미래에서."

그러자 여인이 전율을 지그시 바라보다가 갑자기 사라졌다.

"헉!"

사라진 여인은 전율의 뒤에서 나타났다.

그녀가 한 팔로 전율의 목을 살짝 감아 당기고, 다른 손은 정수리에 얹었다.

순간 전율의 뒤통수에서 무언가 물컹 하는 느낌이 났다.

여인의 가슴이었다.

'키가 이렇게 컸어?'

멀리 있을 땐 몰랐는데, 이 정도면 거의 거인이었다.

하지만 전율의 생각처럼 그녀는 크지 않았다. 그저 전율보다 높은 허공에 떠 있을 뿐이었다.

전율은 여인을 뿌리치려 했다.

한데, 이상하게도 몸에 힘이 들어가지 않았다.

잠시 후 여인은 전율을 놓아주고 사라지더니 다시 눈앞에서 나타났다.

"전율 님의 반응, 이해했어요. 아주 참혹한 미래를 겪으셨네요."

"내 기억을… 읽었어?"

"네. 허락 없이 읽어서 미안해요. 어쩐지… 어제까지만 해도 지구에는 마스터 콜(Master Call)에 어울리는 생명체가 없었는데, 포기하고 돌아가려던 오늘 작은 빛이 보여 찾아왔더니 전율 님이더군요."

"무슨 말을 하는 거지? 혹시 내가 알고 있는 미래보다 앞서서 지구를 침략할 생각인 건가!"

여인은 고개를 천천히 저었다.

그러고는 오른손으로 가슴 언저리를 지그시 누르며 말했다.

"제 이름은 레모니아. 제 쌍둥이 언니 데모니아를 막기 위해 전 우주의 선택된 존재들을 마스터 콜로 부르고 있답니다."

레모니아가 말미에 살짝 미소를 머금었다.

별거 아닌 행동이었다.

한데 이상하게도 그 작은 미소 하나에 전율의 흥분이 급격히 가라앉았다.

단지 그녀의 미소가 눈부시게 아름다워서 그런 것만은 아니었다.

전율이 지금 느끼고 있는 건 감히 함부로 대적할 수 없는 거대한 존재의 아량 같은 것이었다.

레모니아는 자기보다 한참 나약한 존재인 전율에게 진심을 다해 공손히 대하려 애쓰고 있었다.

"화가 조금 가라앉았나요?"

"……."

전율은 고개를 끄덕였다.

"말했다시피 언니와 저는 쌍둥이예요. 그러니 저를 보고 오해를 하는 것도 무리는 아니겠죠. 그나저나 정말 특이한 케이스네요. 다른 이능력자들의 힘을 전승해서 회귀하다니… 덕분에 전율 씨는 지구에서 유일하게 마스터 콜을 받을 수 있는 사람이 되었어요."

마스터 콜이니, 쌍둥이 언니를 막으려 한다느니 궁금한 게 많은 전율이었다.

하지만 가장 궁금한 건 여인의 정체였다.

"당신은 누굽니까?"

"빛을 관장하는 레모니아예요. 제가 사라지면 빛도 사라지죠. 반대로 제 언니는 어둠을 관장하고 있답니다. 따라서 우리 자매 중 누구 하나라도 사라지게 되는 날엔 다른 한 명도 사라져 버리고 말죠. 빛과 어둠은 서로 공존할 수밖에 없으니까요."

"지금… 당신 스스로가 빛이라고 말하는 겁니까?"

"네. 우리 자매는 세상의 시작과 끝이랍니다. 여태껏 서로 싸우지 않고 균형을 잘 지켜왔는데, 언젠가부터 데모니아가 욕심을 부리기 시작했죠. 그녀는 지금 우주를 어둠의 힘으로 물들이고 싶어 해요. 물론 그렇다고 저를 완전히 사라지게 하진 않겠죠. 미약한 빛이라도 있어야 어둠이 존재할 테니까요."

전율이 전생에서 봤던 얼굴.

지구를 8일 동안이나 바라보던 그 거대한 얼굴은 데모니아였던 것이다.

"대체 데모니아의 목적이 뭡니까?"

"그건 아직 대답해 줄 수 없어요. 다만 확실한 건 언니를 막아야 한다는 거예요. 언니가 다스리는 어둠의 종족이 행성을 침략하기 전에, 그 행성의 생명체들을 훈련시켜 강하게 만드는 것. 그게 제가 하려는 일이에요. 하지만 전반적으로 너무 약한 생명체들이 사는 지구 같은 곳은 애초에 포기해 버리죠. 지구인들은 마스터 콜로 불러봤자 몇 년이 지나도록 첫 번째 던전도 통과하지 못할 테니까요."

"그… 마스터 콜이라는 게 뭡니까."

"자신이 사는 행성의 진정한 주인(Master)이란 뭘까요? 그 행성을 지킬 힘이 있는 사람이겠죠. 저는 어둠의 종족으로부터 자신의 행성을 지킬 수 있는 마스터를 만들어내기 위해 자격을 갖춘 이들을 부르고(Call) 있답니다. 그게 마스터 콜이에요."

"그럼 자격이라는 건 뭡니까?"

"이해하기 쉽도록 지구인을 기준치로 두고 설명해 드릴게요."

레모니아가 오른손 검지를 세웠다.

"첫째, 지구인들보다 육체적 힘이 백 배 이상 강하거나."

이어서 중지를 세웠다.

"둘째, 잠재 능력이 뛰어나거나. 둘 중 하나의 요건을 갖추어야 해요. 여기서 잠재 능력이란 전율 님이 알고 있는 이능력을 뜻해요. 하지만 지구인들은 육체적 힘도 약하고 잠재 능력을 가진 이도 거의 없어요. 간혹 있다고 해도 그 힘이 미미해요."

"그럼 저는 그 조건을 충족했단 말인가요?"

"네, 당신에게는 어마어마한 잠재 능력이 잠들어 있어요."

"하지만… 외계인의 1차 침공이 일어난 다음에는 그들의 마나 하트를 주입받은 지구인들 중에서도 이능력자가 생겨나는데요."

"그때는 늦어요. 지금부터 대비해야 돼요. 앞으로 남은 시간은 6년. 그 안에 최후에 쳐들어오는 '루비안'들보다 강해져야 한답니다."

"루비안?"

"어둠의 종족 중 가장 강한 이들이죠. 데모니아는 자신이 침략하고자 하는 행성에 가장 약한 어둠의 종족부터 시작해서 한 단계씩 레벨을 높이며 공격을 가한답니다. 참고로 지구를 멸망시켰던 종족은 '파쿰'이라는 이들로 루비안보다 다섯 레벨이나 약한 종족이랍니다."

"다섯 레벨······."

전율은 기가 탁 막혔다.

지구를 침략하는 외계 종족들은 매번 전에 침략한 종족들보다 배 이상 강했다.

그러니까 1레벨 사이에는 어마어마한 갭이 존재했다는 것이다.

한데 지구를 멸망시켰던 파쿰은 루비안이라는 종족보다 다섯 레벨이나 떨어진다고 한다.

'대체 얼마나 더 괴물인 거야?'

이미 파쿰이 세상의 끝판왕이라고 생각했던 전율은 절망에 빠져 버리고 말았다.

그런 전율을 잠시 지켜보던 바라보던 레모니아가 다시 말을 이었다.

"너무 비관에 빠지지 말아요. 전율 님께서 제가 드리는 시험을 잘 해결하신다면 충분히 지구를 지켜낼 수 있을 거랍니다."

"말도 안 돼요. 외계 종족이 얼마나 강한지 직접 겪어봤습니다. 온 지구의 사람들이 다 힘을 합쳐도 그들을 막지 못했어요. 그런데 저 혼자 강해져서 그들과 맞서 싸우라구요? 불가능해요."

"전 혼자 맞서 싸우라고 한 적이 없는걸요?"

"…네?"

"제 말의 뜻은 시간이 지나면 알게 되실 거예요. 어찌 되었든 중요한 건 전율 님이 알고 계시듯 지구는 곧 네모니아의 표적이 될 것이고, 어둠의 종족이 침략할 거라는 사실이에요."

"그런데 왜 약한 종족부터 보내는 겁니까? 처음부터 강한 녀석들을 보내면 행성을 쉽게 정복할 수 있을 텐데."

그 물음에 레모니아의 얼굴이 살짝 어두워졌다.

그녀는 씁쓸한 미소를 머금고서 대답했다.

"언니는 이런 행위를 즐기고 있어요. 마치 게임을 하는 어린아이처럼… 너무나 순수한 악에 물들어 있죠. 악의가 전혀 없이 벌이는 일이지만 그것을 당하는 이들의 입장에서는 언니가 사악한 악의 화신처럼 비추어지는……."

전율은 레모니아의 말을 이해할 수 있었다.

아무것도 모르는 아기들은 오로지 본능에 따라 행동한다.

세 살배기 아기가 우연히 손에 들고 있던 칼을 던져 다른 사람을 다치게 했다고 쳐도 아기에게 잘못을 물을 순 없다.

그 아기는 그게 사람을 다치게 하는 것이란 걸 몰랐다.

아무런 악의도 없이 한 행동일 뿐인데, 결국 타인에게 상처를 내고 피를 보게 한 것이다.

지금 레모니아는 데모니아가 그런 현상에 빠져 있다는 말을 하고 있었다.

"그래서 더욱 언니를 막을 사람들이 필요해요. 저와 함께해
주시겠어요?"

전율이 레모니아의 눈을 바라보았다.

그 속에는 아직 하고 싶은 말들, 해야 할 말들이 가득 담겨
있었다.

하지만 레모니아는 입을 다물었다.

당장은 전율에게 굳이 필요치 않은 이야기들이기 때문이었
다.

전율도 그것을 느꼈다.

레모니아가 전율에게 다가와 손을 내밀었다.

전율은 깊게 생각할 필요 없이 그 손을 잡았다.

일분일초, 지구는 멸망의 미래를 향해 다가가고 있다.

그렇다면 무엇이라도 해야 하는 게 맞다.

작은 희망이 보인다면 그것을 붙잡아야 한다.

"함께하겠습니다."

"잘 생각하셨어요."

레모니아가 말갛게 웃었다.

그리고 전율의 정신이 아득해지는가 싶더니 주변의 광경이
우르르 무너져 내렸다.

　　　　*　　　　　*　　　　　*

아주 잠깐 선잠을 잔 것 같은 기분이었다.

전율이 정신을 차렸을 때 새하얀 공간은 사라지고 돌로 만들어진 석실에 드러누워 있었다.

돌바닥에서는 싸늘한 기운이 올라왔다.

전율은 벌떡 몸을 일으켜 주변을 살폈다.

사방이 꽉 막힌 석실은 빛 한 점 들어오지 않았건만 이상하게도 밝았다.

그때 석실의 벽면 한쪽에 글자가 새겨졌다.

전율은 그것을 읽어보았다.

타입 : 던전

이름 : 시작의 던전(지하 20층)

목표 : 빅랫의 섬멸

제한 시간 : 없음

보너스 : 죽음에서 한 번 부활할 수 있음

성공 조건 : 빅랫의 섬멸

실패 조건 : 두 번의 죽음

성공 시 보너스 : 100링

실패 시 페널티 : 모험가의 자격 박탈

"빅랫? 그게 뭐지?"

혼잣말을 던지는 전율의 머릿속에서 청아하지만 딱딱한 여인의 음성이 들려왔다.

[난 던전의 안내자 페이. 마스터의 자격을 취득하기 위해 모험을 시작한 초보 모험가에게 기본적인 정보를 알려주겠습니다. 당신이 이곳에 오게 된 이유와 목적은 이미 알고 있을 테니 패스. 여기에서 뭘 해야 하는지도 알고 있을 테니 패스.]

뭔가를 알려주겠다더니 다 패스해 버리는 게 은근히 짜증 나는 전율이었다.

[명심해야 할 것은 단 하나. 시작의 던전에서 두 번의 죽음을 당하면 미션 실패로 간주됩니다. 이는 곧 모험가로서의 자격을 박탈당함을 뜻합니다.]

처음 지구에 쳐들어온 외계 종족은 기존에 있던 무기들만으로 충분히 막아냈다.

그러나 2차로 침공한 외계 종족은 1차 때 맞섰던 외계 종족보다 배 이상은 강했다.

[기본 무기를 지급해 드리겠습니다.]

페이의 말에 허공에서 작은 빛 무리가 일었다.
그것은 하나로 뭉쳐 얇고 긴 장검으로 변했다.
허공에 둥둥 떠 있는 장검을 전율이 손을 뻗어 쥐었다.

[그것은 처음으로 던전에 입장하는 모험가에게 기본으로 지급하는 검입니다. 무기는 사용해도 좋고, 사용하지 않아도 무방합니다. 몬스터들과 어떻게 싸우든 모험가의 마음입니다. 이곳의 규칙은 단 하나, 죽음을 두 번 맞지 않고 모든 몬스터를 섬멸하는 것입니다.]

"몬스터? 괴물?"

[시험 삼아 빅랫 한 마리를 내보내겠습니다.]

덜컹!
갑자기 천장에서 구멍이 생겼다.
그리고 성인 팔뚝만 한 쥐 한 마리가 툭 떨어졌다.
픽!

"찌이익!"

등부터 땅에 떨어진 빅랫은 고통으로 몸을 마구 비틀어댔
다.

[섬멸하십시오.]

페이의 말이 끝나기도 전에 이미 전율은 빅랫에게 달려가
는 중이었다.

외계인의 침공 이후 그의 상식선에서 벗어나는 생명체들에
겐 무조건 적개심이 들었다.

외계 종족 중 세 번째로 지구에 쳐들어온 놈들은 보랏빛의
악취가 심한 액체 같은 것을 토해내곤 했는데, 거기에 오염된
생명체는 하나같이 돌연변이가 되었었다.

덩치가 말도 못하게 커진다거나, 머리가 하나 더 생긴다거
나, 초식동물이 육식동물로 변하기도 했다.

돌연변이가 된 모든 동물들은 성격마저도 흉폭하게 변했
다.

살아 있는 것이라면 닥치는 대로 공격했다.

게다가 돌연변이들은 하나같이 독을 품고 있어, 사람에게도
충분히 위협적이었다.

때문에 외계 종족의 세 번째 침공 이후 인간들은 조금만

이상하다 싶은 생명체가 보이면 무조건 죽이고 봤다.

전율도 그런 인간 중 한 명이었다.

빅랫의 쥐답지 않은 거대한 덩치는 이미 전율에게 살의를 일으키기에 충분했다.

전율이 아직 버둥거리는 빅랫의 지척에 다다라 검을 휘둘렀다.

한데.

캉!

"윽!"

장검은 빅랫이 아닌 애꿎은 돌바닥만 후려쳤다.

전율이 다뤄본 검이라고는 식칼과 단검류가 전부다.

익숙하지 않은 무기가 오히려 걸림돌이 되었다.

전율이 허둥거리는 사이 충격에서 벗어난 빅랫이 몸을 획 뒤집어 바로 섰다.

그리고 발톱을 날카롭게 세워 전율의 얼굴로 뛰어올랐다.

"찌익!"

"큭!"

전율이 빅랫의 공격을 피했다.

허공을 날아 전율의 뒤로 넘어간 빅랫이 짧은 발을 바삐 놀리며 다시 달려들었다.

전율은 들고 있던 검이 거추장스러웠다.

"씨발!"

쨍강!

어차피 제대로 사용할 줄 모르는 무기는 무용지물에다 짐이다.

검을 옆으로 집어 던지고서 주먹을 말아 쥐었다.

"찌이익!"

빅랫은 다시 점프해서 앞발을 엑스 자로 교차시키며 휘둘렀다.

그 행동이 어찌나 빠른지 보통 사람은 영락없이 얼굴에 손톱자국이 생길 판이었다.

그러나 전율은 달랐다.

몸을 옆으로 빼서 빅랫의 공격을 피함과 동시에 주먹을 휘둘렀다.

빽!

"찍!"

제대로 몸통을 얻어맞은 빅랫이 뒤로 날아가 바닥을 뒹굴었다.

하지만 그게 전부였다.

언제 얻어맞았냐는 듯 벌떡 일어서서 송곳니를 드러냈다.

"캬학!"

전율을 경계하는 모양새가 마치 고양이 같았다.

칵칵거리는 와중, 몸이 살짝살짝 떨리는 게 보였다.

'저놈 봐라?'

전율이 공격해 올까 봐 고통을 참으며 위협하는 것이었다.

하나 전율 역시 쉽사리 빅랫에게 달려들긴 어려웠다.

방금 주먹으로 가격하며 느꼈던 것인데, 놈의 몸이 생각보다 단단했기 때문이었다.

마치 쇳덩이를 때리는 것 같은 충격이 주먹에서 전해졌었다.

'댄젤의 능력을 사용할 수만 있다면!'

댄젤은 오러를 다루는 이능력자로 오러 피스트라는 기술을 사용했었다.

오러 피스트는 주먹에 오러를 실어 휘두르는 기본 공격이다.

댄젤은 거기에 변화를 주어서 또다시 여러 갈래의 기술을 만들어냈었는데, 그것은 그의 오러가 더 강해지고 난 이후의 일이었다.

지금 전율에게는 기본 공격인 오러 피스트가 절실했다.

하지만 어떻게 해야 오러를 사용할 수 있는 건지 알 수 없었다.

마더는 분명 전율에게 미약한 오러와 마나가 감지된다고 했다.

전율이 고민에 빠진 사이 빅랫이 고통에서 모두 회복되어 다시 달려들 기회를 노렸다.

'대체 어떻게 해야 하는 거야!'

단전에 있는 오러, 그것은 소위 말하는 기(氣)라는 것과 다름없었다.

그때 전율의 머릿속의 마더의 음성이 들려왔다.

[댄젤의 인터뷰 내용을 모두 수집, 지금 필요한 부분을 플레이시킵니다.]

순간 전율의 눈앞에 살아생전 댄젤의 얼굴이 나타났다.

홀로그램처럼 나타난 댄젤이 소형 마이크를 찬 채 전율을 바라보며 말했다.

"오러라는 건… 글쎄요. 이능력을 얻은 순간부터 느껴집니다. 단전에 조금만 신경을 기울이면 묵직한 기운이 자리하고 있는 걸 알 수 있죠. 그 이후부터는 운용하는 게 어렵지 않습니다. 오러는 내 수족처럼 원하는 대로 움직이니까요."

그때 댄젤의 얼굴을 찢으며 빅랫이 날아들었다.

"찌익!"

동시에 전율도 주먹을 빅랫에게 내질렀다.

빠아악!

"……!"

솥뚜껑 같은 주먹이 빅랫의 안면을 정확히 가격했다.

엄청난 타격음과 함께 빅랫의 두개골이 박살 났다.

빅랫은 오공에서 피를 쏟으며 바닥에 널브러졌다.

털썩.

전율이 놀라서 자신의 주먹을 바라보았다.

힘껏 말아 쥔 주먹엔 은은한 흰색 기운이 맺혀 있었다.

"오러."

그것은 오러였다.

오러는 그 크기에 따라 다른 색을 띤다.

하얀색은 가장 약한 오러가 띠는 색이고 점차 크기가 커질수록 노란색, 초록색, 파란색, 보라색의 순서로 바뀐다.

즉 지금 전율이 다루는 오러는 제1단계, 초심자의 것이었다.

한데 그것만으로도 몸이 강철처럼 딱딱했던 빅랫이 일격에 죽음을 맞았다.

"대단해."

하마터면 빅랫에게 오히려 당할 뻔한 순간이었다.

그러나 댄젤의 인터뷰를 들으면서 그대로 실행해 봤더니 정말 단전에 있는 오러가 움직여 주먹에 스며들었다.

그것을 뻗어 빅랫을 처치할 수 있었다.

"그건 그렇고… 여기 이름이 시작의 던전이랬던가?"

시작의 던전은 마스터 콜을 받은 이들이 연습을 하며 시스템을 익히는 공간이었다.

하지만 전율이 맞닥뜨린 빅랫은 보통의 지구인이 절대로 상대할 수 없을 만큼 단단했다.

지구인 중 마스터 콜의 자격을 갖춘 이가 한 명도 없었다는 레모니아의 말이 이해되었다.

"이제 뭘 해야 하지?"

전율이 혼잣말을 하듯 물었다.

그때였다.

죽어버린 쥐의 시체가 빛으로 변해 사라지더니 그 자리에 반지 모양의 보석 하나가 떨어졌다.

이어 페이의 음성이 들려왔다.

[몬스터를 잡으면 '링'을 얻을 수 있습니다. 링은 굳이 줍지 않아도 몬스터를 잡은 모험자의 영혼 속에 귀속됩니다. 링을 얼마나 모았는지 확인하고 싶으면 오른쪽 손등을 확인하십시오.]

전율은 오른쪽 손등으로 시선을 옮겼다.

그러자 손등에 검은색으로 된 1이 생겨났다.

[링은 이 세상의 화폐입니다. 던전이나 필드에서 주어지는 목표를 달성하면 보너스 링이 주어질 것입니다. 목표 클리어 시 자동으로 스토어에 방문하게 됩니다. 그곳에서 파는 모든 물건들은 링으로 교환 가능합니다.]

과연 스토어에서 무엇을 팔고 있을지 알 수 없었으나 아무튼 돈은 일단 많이 모으고 볼 일이다.

전율은 빅랫이 나타나는 족족 잡아 죽여야겠다고 생각했다.

어차피 던전의 클리어 목표가 빅랫의 섬멸이기도 했다.

[이제 기본적인 것은 전부 알려 드렸습니다. 그럼 던전의 입구를 개방합니다.]

드드드드득!

전율이 서 있던 석실의 오른쪽 벽이 묵직한 소리를 내며 위로 올라갔다.

그러자 서늘한 던전의 초입이 나타났다.

[시작의 던전은 외길입니다. 무조건 전진하며 모든 빅랫을 섬멸하십시오.]

그것으로 더 이상 페이의 음성은 들려오지 않았다.

"좋아."

전율은 심호흡을 한 번 하고 던전으로 들어섰다.

*　　　　　*　　　　　*

찍찍.

오 분 정도 던전 안을 걸어가니 빅랫의 소리가 들려왔다.

저 앞에 등을 보이고 있는 빅랫이 보였다.

전율은 최대한 기척을 죽이고 살금살금 움직였다.

빅랫이 사정권에 들어오자 오러를 주먹에 두르고서 빠르게 달려들었다.

그리고 빅랫의 등을 노리며 주먹을 내리꽂았다.

"합!"

그런데.

찍!

빅랫이 힐끗 뒤를 보는가 싶더니 잽싸게 다리를 움직여 주먹을 피했다.

쾅!

전율은 애꿎은 바닥만 내려쳤다.

하지만 주먹이 아프거나 하진 않았다.

오러가 보호해 준 덕분이다.

기습을 피한 빅랫이 붉은 안광을 빛내며 전율에게 달려들었다.

빅랫은 순식간에 둘 사이의 거리를 좁히고서는 높이 뛰어올라 전율의 코를 물어뜯으려 했다.

전율은 반사적으로 몸을 뒤로 뺐다. 동시에 오러가 어린 주먹, 오러 피스트를 내질렀다.

빠아악!

주먹이 제대로 들어갔다.

퍼석!

빅랫의 머리가 수박처럼 터져 나가며 피와 뇌수를 뿌렸다.

비명조차 지르지 못한 채 죽어버린 빅랫은 빛이 되어 사라졌다. 그 자리에 나타난 링 하나가 전율의 몸으로 흡수되었다.

오른 손등에는 1이라는 숫자가 2로 바뀌어 있었다.

"좋아, 어렵지 않아."

오러를 다룰 수 있게 되고 나니 빅랫을 상대하는 건 식은 죽 먹기였다.

전율은 다시 앞으로 나아갔다.

이번에는 빅랫 두 마리가 있었다.

이미 빅랫의 존재 자체가 우스워진 전율이었다. 굳이 기척을 죽이지 않고 다가갔다.

빅랫 두 마리가 딴짓을 하다가 인기척을 느끼고 휙 뒤돌아섰다.

녀석들은 발톱을 바짝 세우고서 경계 태세에 돌입했다.

전율이 놈들을 경계할 때는 거침없이 달려들던 녀석들이 반대로 지금은 전율을 경계하고 있었다.

자신들을 겁내지 않고 있다는 걸 본능적으로 느꼈기 때문이다.

두 마리 중 조금 더 앞에 있던 빅랫 한 마리가 빠르게 달려들었다.

'분명 지척까지 와서 점프하려 들겠지.'

전율은 빅랫의 공격 패턴을 파악했다.

아니나 다를까, 가까이 다가온 빅랫은 점프하기 위해 뒷다리에 힘을 주었다.

"늦어."

전율은 그런 빅랫을 걷어찼다.

뻥!

찍!

빅랫 한 마리가 얻어맞는 순간 다른 놈이 다가와 전율의 다리를 물려고 했다.

그 녀석도 걷어찼다.

뻥!

찍!

바닥에 처박힌 두 놈의 정수리에 전율의 오러 피스트가 망치처럼 내리꽂혔다.

빠악! 빠악!

이번에도 마찬가지로 빅랫은 빛으로 화해 사라졌고, 링 두 개를 얻었다.

*　　　　*　　　　*

"언제까지 가야 하는 거야?"

전율은 계속 던전을 걸어가며 투덜댔다.

벌써 두 시간 동안 던전의 외길을 걷는 중이었다.

그의 오른 손등엔 90이라는 숫자가 적혀 있었다.

"이제 그만 좀 끝내자."

슬슬 시작의 던전이 지겨워지려는 참이었다.

외길이라는 것도 그렇고 중간중간 튀어나오는 빅랫들도 별

게 없었다.

그렇게 계속해서 걸어가던 와중 드디어 끝이 보였다.

저 멀리 던전의 끝을 알리는 거대한 문이 나타난 것이다.

한데 문 앞을 빅랫 두 마리가 가로막고 서 있었다.

사실 빅랫 두 마리 처리하는 건 일도 아니다.

그러나 전율이 빅랫들을 보고 멈칫해 버린 건, 그 두 녀석이 지금까지 만났던 빅랫들보다 덩치가 세 배나 거대했기 때문이다.

"이제 보스 몬스터라 이건가?"

전율의 두 주먹에 오러가 깃들었다.

그와 동시에 거대 빅랫들이 자리를 박차고 튀어 올랐다.

찌익!

단 한 번의 도약으로 지척까지 다가온 거대 빅랫들이 동시에 앞발을 휘둘렀다.

전율은 원투 잽을 날려 거대 빅랫들의 앞발을 정확히 때렸다.

퍼퍽!

두득!

찌이익!

오러 피스트에 얻어맞은 거대 빅랫 두 마리의 앞발이 깔끔하게 부러졌다.

거대 빅랫들은 비명을 지르며 뒤로 물러났다.

하지만 전율은 놈들에게 쉴 틈을 주지 않았다.

바로 신형을 날리며 따라붙었다.

그리고 다시 한 번 전광석화 같은 매서운 주먹이 허공을 갈랐다.

쐐애애액! 퍼억!

오른쪽에 있던 거대 빅랫의 복부에 오러 피스트가 정확히 꽂혔다.

찌이……!

숨이 턱 막힌 거대 빅랫은 헛숨을 들이켜며 뒤로 널브러졌다.

얻어맞은 복부가 푹 파여 들어갔다.

내장이 다 터져 입과 코에서 피가 쏟아졌다.

동료가 당하자 다른 거대 빅랫이 눈에 불을 켜고 달려들었다.

찌이익!

놈이 입을 쩍 벌리고 전율의 어깨를 물어뜯으려 했다.

하지만 어림없는 공격이었다.

전율은 빠른 스텝으로 몸을 틀었다.

탁!

빅랫의 입은 애꿎은 허공만 깨물었다.

"합!"

전율이 가벼운 기합과 함께 놈의 머리를 강타했다.

퍽! 퍼서석!

거대 빅랫의 머리가 수박처럼 터져 나갔다.

붉은 피와 하얀 뇌수가 뒤섞여 사방으로 비산했다.

머리를 잃은 거대 빅랫은 바닥에 쓰러져 파르르 떨다 절명했다.

아직 숨이 붙어 있는 다른 거대 빅랫이 비틀거리며 몸을 일으켰다.

하지만 그게 전부였다.

오장육부가 터지고 뒤틀려 더 이상 전투를 할 수 있는 상황이 아니었다.

"너도 가라."

어느새 코앞에 다가온 전율이 오러 피스트로 머리를 후렸다.

퍼석!

그렇게 두 마리의 거대 빅랫이 허무하게 죽음을 맞았다.

그러자 전율의 손등에 있던 숫자가 100으로 바뀌었다.

"보스급이라서 마리당 5링을 주는 건가?"

그때 페이의 음성이 들려왔다.

[축하드립니다. 빅랫을 전부 섬멸했습니다. 시작의 던전을 정복하셨습니다. 보상으로 100링을 드립니다.]

전율의 손등에 있던 숫자가 또 한 번 바뀌어 200이 되었다.

[스토어로 향하는 문이 열립니다. 안녕히 가십시오.]

페이의 음성이 끝나는 순간 거대한 철문이 드드득거리는 굉음을 내며 양쪽으로 활짝 열렸다.

문 너머에서는 밝은 빛이 쏘아지고 있었다.

때문에 문 밖에 뭐가 있는지 도무지 알 수가 없었다.

"아무튼 여기로 나가면 스토어라는 곳이 나타난다 이거지?"

시작의 던전을 벗어나려면 어차피 저기로 나가야 한다.

전율은 망설임 없이 빛 속으로 걸어 들어갔다.

Chapter 4.
스토어

빛이 사라지고 난 자리엔 대리석으로 지어진 작은 방이 나타났다.

그곳 역시 석실처럼 빛 한 점 들어오지 않았지만 충분히 밝았다.

방의 한가운데엔 요즘 대한민국에서 가장 핫한 아이돌 '유리아'를 닮은 여인이 간호사복 차림으로 좌판을 깔고 있었다.

전율은 도저히 매치가 안 되는 작은 방 안의 상황에 어안이 벙벙했다.

하지만 전율과 첫 대면을 하게 된 작은 방의 주인은 쾌활하게 인사를 건넸다.

"어서오세요, 전율 님. 스토어는 처음이죠? 전 앞으로 전율 님이 스토어를 방문할 때마다 만나게 될 '아이딜'이라고 해요."

"아이딜?"

"네."

전율은 아이딜의 얼굴을 유심히 살폈다.

아무리 봐도 유리아와 똑 닮아 있었다.

아니, 이건 닮은 정도가 아니라 쌍둥이라고 해도 믿을 정도였다.

"시작의 던전을 무사히 통과하신 것을 축하드려요. 현재 전율 님께서 소지하고 계신 링은 200이죠?"

"응."

"거기에 딱 맞은 것들로만 준비했으니 살펴보세요."

아이딜이 좌판을 손으로 슥 훑으며 말했다.

전율은 어리둥절한 와중에서도 좌판에 놓인 물건들을 살펴보았다.

생전 처음 보는 잡다한 물건들이 어지럽게 널려 있었다.

하지만 물건들에 대한 이름이나 설명은 보이지 않았다.

일일이 아이딜에게 물어봐야 하나? 싶은 순간 전율이 유심히 바라보고 있던 빨간 알약 위에 갑자기 글자가 떠올랐다.

―서큐버스의 피 [50링] : 복용하면 모든 이에게 마음이 열린다. 이성이든 동성이든 유혹해 오는 경우 무조건 넘어간다. 단, 5초 동안만 지속된다. 지속 시간이 끝나면 제정신이 돌아오고 유혹에 넘어간 걸 후회한다.

'아하, 이런 시스템이군.'

좌판에 있는 물건 중 궁금한 물건을 바라보면 그에 대한 정보가 떠오르는 형식이었다.

'그나저나 서큐버스의 피는 뭐야? 정말 쓸데없는 것 같은데 50링이나 하다니.'

전율은 다른 물건들을 하나하나 살펴보았다.

―부유의 쿠키 [80링] : 복용하면 5초간 하늘을 날 수 있다.

―천마의 링 [150링] : 착용하면 100미터를 2초에 주파할 수 있다. 1회 사용 시 링은 파괴된다.

―환각단 [100링] : 복용하면 잠시 동안 환각에 빠진다. 중독성이 강하다.

'환각단? 저건 거의 마약과 다름없잖아.'

"흠."

대부분 당장 필요 없거나 크게 도움이 안 되는 것뿐이었다.

"물건이 마음에 들지 않으세요?"

아이딜이 물었다.

그러고 보니 이 여자, 얼굴뿐만 아니라 목소리도 유리아와 똑같았다.

청아하고 맑으면서 사람을 편안하게 해주는 음성이 전율의 가슴을 촉촉하게 적셨다.

전율은 슬쩍 아이딜의 몸매를 살폈다.

적당한 키에 봉긋한 가슴과 잘록한 허리, 탄탄한 엉덩이와 적당히 살집 있는 허벅지가 완벽했다.

유리아의 몸매 역시 그랬다.

혹시 진짜 유리아가 아닌가 하는 의심이 들 정도였다.

"제 몸 보셨죠?"

갑작스런 아이딜의 물음에 전율이 얼른 시선을 돌렸다.

"크흠!"

"원하시면 마음껏 보세요."

아이딜이 양팔을 허리에 얹고서 한 바퀴 빙글 돌았다.

전율은 그녀를 보지 않으려 애쓰며 다시 좌판 위의 물건들을 살폈다.

하지만 거의 다 전율에게 딱히 필요치 않은 것들이었다.

"아이딜."

"네?"

"스토어에는 이런 물건들만 파는 거야?"

"아니요. 전율 님이 던전을 클리어하고 한 층 올라갈 때마다 스토어의 규모도 커져요. 사실은요, 아까 전율 님이 소지한 링 액수에 맞춰서 물건을 준비했다고 했는데, 거짓말이에요. 여기는 시작의 던전, 즉 지하 20층에 위치한 스토어라 물건이 이런 것밖에 없어요. 하지만 지하 19층부터는 물건의 질이 확 달라질 거예요."

"그래?"

"그럼요. 물론 20층에서 팔던 물건들도 19층에 그대로 진열되어 있을 거구요."

"이해했어."

전율은 굳이 링을 소비하지 말고 아낄까 생각했다.

그러던 중, 다른 물건들 사이에 파묻혀 있던 우스꽝스런 안경이 눈에 들어왔다.

—이면(裏面)의 안경 [150링] : 10초 동안 신수(神授)를 볼 수 있다. 1회 사용 후 파괴된다.

'신수를 볼 수 있다고?'

1회 사용 한정에다가 10초라는 제한이 붙어 있기는 하지만 신수를 볼 수 있다는 것이 전율의 마음을 확 끌어당겼다.

신수라는 것은 세상에 존재하지만 사람이 보기 힘든 동물들을 말한다.

세상 사람들은 신수들이 그저 신화 속에서나 나오는 가상의 생명체라고 믿어왔다.

전율도 그랬다.

하지만 시저는 이능력자가 된 이후 사나운 동물과 신수들을 테이밍시켰다.

이후부터 사람들은 신수의 존재를 믿기 시작했다.

몇몇은 시저처럼 신수를 찾아내서 길들이기 위해 한데 뭉쳐 전 대륙을 돌아다니기도 했다.

그러나 지구가 멸망하는 그날까지 시저 외에 신수를 발견했다는 이는 단 한 명도 나타나지 않았다.

그만큼 신수를 발견하기란 힘든 일이었다.

혹여 신수가 사는 지역을 알아내어 찾아갔다 하더라도 일반인의 눈에는 결코 보이지 않으니 어찌 보면 당연한 결과였다.

전율은 이면의 안경을 집어 들고 잠시 고민했다.

'살까?'

신수가 발견되는 지역이 어디어디인지는 대략적으로 알고 있었다.

신수는 지구의 전 대륙에 골고루 분포해서 살고 있다.

미국에도, 한국에도, 그 외 다른 국가에도 신수가 사는 곳은 존재했다.

그것은 신수를 볼 수 있는 유일한 사람, 시저의 말이었으니 거짓이 아니었다.

사실 시저는 이능력을 얻기 전에도 세계적으로 유명한 애니멀 커뮤니케이터(Animal Communicator)였다.

애니멀 커뮤니케이터란 동물들과의 정신적 교감을 통해 그들과 의사소통을 할 수 있는 이들을 말한다.

세상에는 수많은 애니멀 커뮤니케이터가 있었지만 시저는 그중에서도 독보적이었다.

그는 이상행동을 하는 동물들과의 대화를 통해 그들의 과거를 정확히 알아내고, 어떤 부분에서 트라우마가 생겼는지를 짚어냈다.

그 동물을 키우는 가족이 아니고서야 알 수 없는 과거의 일들을 줄줄이 읊어대니 그야말로 놀랄 노 자였다.

시저는 동물들이 가슴속에 품고 있던 상처를 읽고 나면, 꾸준한 대화를 주고받으며 위로해 주고 안아주었다.

물론 일상에서 트라우마를 극복하기 위한 훈련도 꾸준히 이어나갔다.

그런 식으로 시저의 도움을 받은 동물들만 천여 마리가 넘었다.

나중에는 매스컴에 시저의 이름이 수시로 오르내렸고 미디어 방송에도 자주 출연하며 많은 이의 가슴을 따듯한 감동으로 적셔주었다.

한데 시저는 어느 방송에서 뜻 모를 발언을 한 적이 있었다.

'저는 사람들이 볼 수 없는 것도 종종 보고는 한답니다. 그게 제 외로움의 환각인 건지, 아님 실존하는 것인지 알 수는 없지만요.'

당시에는 시저가 동물들과의 과도한 교감으로 인한 스트레스성 환각을 보는 것일지도 모른다는 가설이 가장 많이 대두되었었다.

하지만 시저는 이능력자가 되면서 자신이 보는 것이 신수였다는 걸 알게 되었고, 그런 신수들을 하나하나 길들이기 시작했다.

한마디로 시저는 이능력자가 되기 전에도 인간의 영역을 조금 넘어서는 힘이 있었던 것이다.

아무튼 그런 신수를 볼 수 있게 해주는 물건이라고 하니 욕심이 나는 전율이었다.

게다가 전율에겐 테이밍의 능력이 있었다.

'지르자.'

결국 전율은 이면의 안경을 사기로 했다.

"이면의 안경을 사겠어."

"어머! 정말 탁월한 선택이세요. 전율 님의 안목은 대단하시네요."

아이딜이 손뼉을 짝! 치면서 말했다.

'어떻게 리액션까지 똑같아?'

방금 아이딜이 한 행동은 유리아가 예능 프로에 나와서 자주 하는 리액션이었다.

"150링 감사히 받을게요."

전율은 아이딜이 내미는 이면의 안경을 받았다.

손등에 있는 숫자가 50으로 바뀌었다.

"더 사고 싶은 물건이 있으신가요?"

"아니, 이제 됐……."

말을 하던 전율이 갑자기 입을 다물었다.

그의 시선이 붉은색 알약, 서큐버스의 피에 꽂혀 있었다.

─서큐버스의 피 [50링] : 복용하면 모든 이에게 마음이 열린다. 이성이든 동성이든 유혹해 오는 경우 무조건 넘어간다. 단, 5초 동안만 지속된다. 지속 시간이 끝나면 제정신이 돌아오고 유혹에 넘어간 걸 후회한다.

조금 전에는 아무짝에도 쓸모 없을 거라 여겼던 물건이 이면의 안경을 사고 난 뒤엔 꼭 사야 할 물건으로 바뀌었다.

전율에게 테이밍의 능력은 있지만, 아직 그 힘이 미약했다.

그래서 신수를 발견한다고 해도 과연 테이밍을 할 수 있을지가 의문이었다.

한데 서큐버스의 피를 신수에게 먹이면 테이밍을 쉽게 할 수 있지 않을까 하는 생각이 들었다.

전율은 서큐버스의 피를 집어 들었다.

"이것도 사겠어."

"어머~ 혹시 그거 저한테 먹이려는 거 아니죠?"

"그럴 리가."

"호호. 농담이에요. 알뜰하게 쇼핑하셨네요. 50링 고맙게 받을게요."

이제 손등의 숫자는 0이 되었다.

"여기서 나가려면 어떻게 해야 하지?"

"쇼핑이 끝나셨으면 언제든 '귀환'이라고 말해주세요. 그럼 여기서 나가실 수 있어요."

"그렇군."

"그럼 지하 19층 스토어에서 또 뵙게 되길 바랄게요."

아이딜이 양손을 배에 모아 공손히 허리 숙여 인사를 건넸다.

전율은 스토어를 나가려다가 아이딜을 마주한 순간부터 궁금했던 것을 물었다.

"혹시 유리아라고 알아?"

아이딜이 생긋 웃으며 고개를 모로 꺾었다.

"아니요? 모르는데요?"

"…그래?"

전율이 무언가를 더 물으려다 말고 고개를 휘휘 저었다.

유리아를 모른다고 했는데 계속 더 질문해 봐야 자기만 바보가 될 게 뻔했기 때문이다.

그냥 돌아가려 하는데 아이딜의 한마디가 그를 붙잡았다.

"제가 유리아라는 사람과 닮았나요?"

"어? 아… 그래, 닮았어."

"얼굴이?"

"응."

"그리고 몸매도 닮았죠? 말투랑 성격도 똑같구요. 물론 말버릇이나 행동 같은 것도… 제가 맞혔나요?"

전율은 넋이 나가 아이딜을 바라보았다.

방금 아이딜의 마지막 말, 그건 분명 유리아의 말버릇이었다.

"너, 유리아야?"

아이딜이 고개를 저었다.

"아니요. 저는 스토어의 관리자 아이딜이에요."

"그런데 어떻게……."

"그렇게 똑같냐구요? 그건 제가 전율 님이 가장 좋아하는 여성 취향으로 만들어졌기 때문이죠."

"무슨 말이지?"

"스토어의 관리자는 모험가의 이성 취향에 따라 모습이 바뀌거든요. 저는 완전히 전율 님의 취향대로 만들어졌어요. 평소에 유리아를 좋아하시나 봐요? 하나 물어볼게요. 지금 제 모습, 얼마나 좋아요?"

저 질문도 유리아가 자주 쓰는 것이다.

팬 카페에 글을 올릴 때나 톱스타들이 나와 짝을 짓는 프로그램에서도 유리아는 항상 저 질문을 했다.

"나쁘지는 않아."

전율이 무미건조하게 대답했지만 아이딜은 환하게 미소 지었다.

"안녕히 가세요."

"귀환."

전율은 서둘러 스토어를 벗어났다.

완전히 취향 저격당했다.

Chapter 5.
결자해지(結者解之)

전율은 다시 새하얀 공간에 서 있었다.

레모니아는 미소로 전율을 맞이했다.

"던전을 무사히 통과하신 거 축하해요."

"오늘 축하 많이 받는군요."

"던전을 돌아본 소감은 어떠셨나요?"

"그럭저럭 할 만했습니다."

"다행이네요."

"마스터 콜로 부른 자들을 어떻게 성장시킨다는 건지 알겠더군요."

"그런가요?"

"던전을 한 단계씩 클리어할 때마다 스토어의 규모는 커지고, 성장에 도움이 되는 물건들을 링으로 사들일 수 있겠죠."

레모니아는 고개를 끄덕였다.

"맞아요. 더불어 전율 님의 현실도 많이 바뀔 거예요."

"그럴 것 같더군요."

아직 스토어의 규모가 작아서 실질적인 도움을 줄 만한 물건들은 그다지 없었다.

하지만 스토어에는 현실에서 절대로 구입 불가능한 물건들이 가득했다.

복용하거나 착용하는 것만으로 하늘을 날기도 하고, 음속으로 움직일 수 있게도 만든다.

물론 지속 효과가 적고 단발성이라 무용지물이지만, 그보다 훨씬 지속 시간이 길거나 무한정 사용할 수 있는 물건을 사게 되면 충분히 삶에 도움이 될 것이다.

"다음 마스터 콜은 일주일 후가 될 거예요. 그동안 현실에서 사고로 죽는 일 없이 잘 지내세요."

"축복을 참 이상하게 빌어주시는군요."

레모니아가 피식 웃었다.

"앞으로 전율 님은 여기에 오지 않고 바로 던전에 가게 될 거예요. 앞으로도 열심히 해주세요."

레모니아는 말을 하며 손가락을 딱 튕겼다.

그리고 새하얀 공간이 사라졌다.

                   *   *   *

쾅!

전율의 발이 미래대부의 문을 걷어찼다.

현실로 돌아오는 순간 마스터 콜로 불려가기 전 취했던 행동이 그대로 이어진 것이다.

낡아빠진 철문이 벌컥 열리며 속내를 훤히 내비쳤다.

갑작스런 소란에 놀란 용식의 식구들이 벌떡 일어나 일제히 문 쪽을 바라봤다.

그곳엔 전율이 서 있었다.

용식이는 어처구니가 없어졌다.

어린놈의 새끼가 하극상을 부린 것도 모자라서 이제는 깽판까지 놔?

"전율, 너 뭐냐? 미쳤냐?"

전율이 거침없이 사무실로 들어서며 대답했다.

"안 미쳤는데."

그런 전율의 어깨를 노태식이 붙잡았다.

용식이파에서 서열 3위로 소싯적에 복싱을 배워 주먹깨나 쓰는 인간이었다.

"이 새끼가 처돌았나. 뭐? 안 미쳤는데? 너 그게 용식이 형님한테 할 말이냐?"

"놔."

"뭐?"

"어차피 너도 용식이 처리하고 반 죽여놓을 거야. 마지막으로 경고한다. 놔."

"이런 씨발!"

노태식이 전율의 얼굴로 주먹을 날렸다.

바람을 가르는 소리가 제법 날카로운 게 상당히 빠르고 매서웠다.

하지만.

빡!

"악!"

얻어맞은 건 노태식이었다.

전율의 거대한 돌주먹에 인중을 맞은 노태식이 비명을 지르며 넘어졌다.

노태식의 쩍 벌린 입에서 피와 함께 부러진 앞니 두 대가 튀어나왔다.

그것을 시작으로 다른 녀석들이 일제히 달려들었다.

하지만 전율에게 그들은 전혀 위협이 되지 않았다.

"개새끼가!"

서열 2위 박성진이 눈을 부라리며 전율의 복부를 밀어 차려 했다.

전율은 몸을 틀어 그것을 피하고 앞으로 성큼 다가갔다.

그 몸놀림이 말도 못하게 빨랐다.

눈 깜짝할 새 박성진의 코앞까지 다가온 전율이 그의 목을 턱 잡고 안다리를 걸어 그대로 밀어 넘어뜨렸다.

콰당!

"컥!"

박성진은 서열 2위라는 게 무색할 만큼 너무 간단하게 넘어졌다.

전율이 쓰러진 박성진의 얼굴을 짓밟았다.

콰직!

우두둑!

"악!"

박성진의 코가 부러졌다.

쌍코피가 터져 얼굴을 가득 적셨다.

그러는 새, 서열 4위 이진화가 전율의 뒤를 노렸다.

한데 전율은 뒤통수에도 눈이 달린 것처럼 뒤차기로 이진화의 낭심을 밀어 찼다.

퍽!

"크윽!"

이진화가 두 손으로 그곳을 움켜쥐고 신음했다.

제대로 얻어맞아 세상이 끝나는 듯한 고통이 밀려왔다.

지금이 싸우던 중이라는 것도 망각할 만큼 아찔했다.

그때 전율이 몸을 크게 회전시키며 뒤돌려차기를 날렸다.

퍼억!

"……!"

정확히 목 언저리를 얻어맞은 이진화가 비명도 지르지 못하고서 허물어졌다.

이제 싸울 수 있는 건 용식와 김찬형, 유동재였다.

다른 놈들은 다 전투 불가 상태였다.

하지만 김찬형과 유동재는 함부로 전율에게 덤벼들지 못했다.

이미 전율의 위압에 한번 당해봤던 경험이 있었고, 방금 그가 싸우는 모습을 보니 도저히 싸울 엄두가 나지 않았던 것이다.

전의 상실.

딱 그 꼴이었다.

전율이 두 녀석을 바라보았다.

"히익!"

"컥!"

두 녀석은 전율과 눈이 마주치는 것만으로도 숨이 턱턱 막혔다.

전율은 그들에게 신경을 끄고 용식이에게 다가갔다.

용식은 상황이 안 좋게 돌아가자 그새 밖에 나간 세 녀석 중 한 명에게 전화를 걸고 있었다.

사실 머릿속으로는 그 세 녀석을 불러들여 머릿수를 늘려 봤자 아무 소용 없다는 계산이 섰다.

하나, 지푸라기라도 잡는 심정으로 전화를 건 것이다.

"정호야! 정규랑 민식이 데리고 빨리 사무실로 와!"

용식은 전화를 끊고 품속에서 칼을 꺼내 들었다.

"이 개새끼야. 그 동안 용돈 쥐어주면서 돌봐줬더니 주인을 물려 들어?!"

"말 그대로 푼돈이었지. 내가 배운 거 없고 무식해서 그거라도 받으려고 여태 밑 빨아줬는데 이제 그만하려고."

덤덤하게 말하며 전율은 용식에게 다가갔다.

용식도 덩치가 작은 편은 아니다.

키가 177에 온몸은 땅땅한 근육으로 가득했다.

하지만 전율의 앞에 서니 상당히 왜소해 보였다.

"씨발놈이!"

용식의 일갈을 내지르며 칼을 휘둘렀다.

칼날이 매서운 선을 그리며 전율의 어깨로 날아들었다.

전율은 손날로 용식의 손목을 탁 쳤다.

"윽!"

별거 아닌 가벼운 동작임에도 얻어맞은 용식은 손목이 부러지는 듯한 고통을 느꼈다.

캉!

용식은 칼을 놓치고서 뒤로 물러났다.

'뭐야, 이 새끼!'

전부터 보통이 아니라는 건 알고 있었다.

하지만 막상 적이 되어 맞서니 말로 표현할 수 없을 만큼 어마어마한 위압감이 용식을 짓눌렀다.

이건… 애초부터 급이 다른 인간이었다.

지금까지는 용식의 말을 고분고분 잘 들어서 그걸 느끼지 못했다.

'절대 적으로 둬서는 안 되는 놈이다!'

가질 수 없다면 파괴해야 하는 물건!

그게 바로 전율이었다.

하지만 그것을 용식은 너무 늦게 깨달았다.

빠악!

"컥!"

뭐가 어떻게 된 건지도 몰랐다.

용식의 눈앞이 번쩍 하더니 이어 얼굴 전체가 깨져 버리는 것 같은 고통이 밀려들었다.

전율이 비틀거리는 용식의 머리채를 휘어잡았다.

그리고 대리석 창틀에 놈의 이마를 찍었다.

쾅!

"크악!"

또 한 번 용식의 눈앞이 번쩍했다.

이마에서 뜨거운 것이 흘러내려 얼굴을 흠뻑 적셨다.

곧 피비린내가 용식의 콧속으로 스멀스멀 흘러들어 왔다.

"으으……."

용식의 입에서 신음이 흘러나왔다.

전율은 용식을 옆으로 휙 던졌다.

쾌당탕!

먼저 쓰러진 부하들 곁에 용식은 나란히 널브러졌다.

전율이 그런 용식에게 다가와 발로 전신을 마구 짓밟았다.

퍽퍽퍽퍽퍽퍽!

"윽! 크윽! 악!"

최대한 몸을 웅크려서 충격을 최소화하려는 용식이었다.

하지만 소용없는 짓이었다.

전율의 발길질 한 번 한 번이 해머로 내려치는 것 같았다.

충격이 전혀 줄어들지 않았다.

이러다가 정말 죽겠다 싶었다.

빠각! 뿌드득!

용식의 팔다리가 골절되고 오장육부가 뒤틀렸다.

입에서는 신음과 피를 같이 토했다.

점점 용식의 정신이 흐릿해졌다.

한데 기절을 하려던 그때, 전율의 발길질이 그쳤다.

전율은 용식의 멱을 잡아 들어 올렸다.

"끄으으으."

용식은 피칠갑을 한 얼굴로 겨우 한 줄기 의식만 희미하게
남아 있었다.

전율은 용식을 질질 끌고 가서 의자에 앉혔다.

그리고 오러 피스트로 용식의 원목 테이블을 강하게 내려
쳤다.

콰앙!

엄청난 강도를 자랑하는 원목 테이블이 산산조각 나 부서
졌다.

그에 용식은 정신이 번쩍 들었다.

'저, 저게 인간이야?'

아무리 사람 주먹이 강하다고 해도 단 한 방에 원목을 부
술 순 없었다.

이게 지금 기인열전도 아니고 말이다.

아니, 기인이라 하더라도 기껏해야 벽돌이나 야구방망이 같

은 걸 부수는 정도지, 이건 사람의 영역에서는 불가능한 행위였다.

그러니까 전율 저 자식은.

'인간이 아니야!'

용식이 겁을 잔뜩 집어먹었다.

그때 전율이 테이밍의 능력, 위압을 시전했다.

무서운 기운이 용식을 잔뜩 짓눌렀다.

"커헉! 컥!"

용식은 태어나서 단 한 번도 사람에게 이런 위압감을 느껴본 적이 없었다.

전신을 짓누르는 기운이 어찌나 무거운지 숨이 턱턱 막혔다.

"용식아."

전율의 부름에 용식은 아무런 대답도 못 했다.

그저 창백해진 안색으로 계속해서 컥컥댈 뿐이었다.

"경고하는데 김 사장 건은 건들지 마라. 두 달만 기다리면 돈 만들어서 다 갚아줄 수 있으니까. 김 사장이 못 갚으면 내가 대신 갚아준다. 이건 남자로서 하는 약속이야. 김 사장만 건들지 않으면 나도 네가 다른 누구를 건드리든 상관하지 않을 거고. 알아들어?"

용식은 필사적으로 고개를 끄덕였다.

전율은 원목 테이블을 맨주먹으로 부숴 버리고, 위압감만으로 사람의 숨을 막히게 하는 괴물이다.

살고자 하는 본능 앞에 자존심 같은 건 다 사라졌다.

지금 전율이 평생 자신의 종으로 살라고 하면 그러겠다고 대답할 것만 같았다.

전율은 용식에게 보내던 위압을 거두어들였다.

채찍으로 때렸으면 당근도 줘야 하는 법.

이번에는 호의를 시전했다.

용식은 조금 전까지 자신을 짓누르던 기운이 사라지고 갑자기 마음이 편안해지는 걸 느꼈다.

그에, 더 이상 전율이 무섭지 않았다.

오히려 자신을 내려다보고 있는 전율에게 갑작스런 고마움이 솟아났다.

자신을 살려준 것이 고마웠고, 왠지 모를 따스함이 느껴져서 고마웠다.

한순간에 감정이 이토록 격하게 변하다니.

용식은 자신이 왜 이러는 건지 도대체 이해가 되질 않았다.

하지만 확실한 건 그의 눈에 비추어진 전율은 더 이상 마음대로 부리던 동생이 아니라는 것이다.

이미 용식에게 전율이라는 사람은 절대적인 존재, 결코 대들 수 없는 거대한 산이 되어 있었다.

"…용식 형님."

"어, 어?"

갑자기 존대를 하는 전율의 행동에 용식은 당황했다.

"무례하게 굴어서 죄송합니다. 하지만 저도 어쩔 수 없었습니다. 오늘 애들 다치게 만든 것도 사과드립니다. 대신 약속한 가지 하죠. 나중에 형님네 가족 건드리는 인간들 있으면 제가 한 번 막아드리겠습니다. 이걸로 합의 보고 우리 사이 정리하는 걸로 하시죠."

"그, 그래. 그렇게 하자."

누가 봐도 용식이 밑지는 장사였다.

그러나 지금 용식은 머릿속으로 그런 계산이 서질 않았다.

그저 살려준 것만으로도 전율에게 감사했다.

전율이 용식에게 등을 돌렸다.

한 발 두 발 멀어지는 전율의 등을 보며 용식은 비로소 안도의 한숨을 쉬었다.

제발 빨리 그가 나가주기만을 바랐다.

전율은 문을 나서려다 말고 잠시 멈춰 서서 용식에게 말했다.

"김 사장님 딸이 제 고등학교 동창입니다."

그리고 전율은 다시 걸음을 옮겼다.

한데 그가 문을 나서려는 그때.

"헉헉! 어디 가냐, 개새끼야."

용식의 연락을 받고 달려온 세 명의 덩치가 전율의 앞을 가로막았다.

"형님! 이 새끼 조져 버리면 되는 겁… 헉!"

무심코 사무실 안을 들여다본 세 놈은 놀라서 입을 쩍 벌렸다.

미래대부 식구들이 모두 엉망이 되어 나자빠져 있었다.

용식은 전율을 막아선 놈들에게 버럭 고함을 질렀다.

"비켜, 이 새끼들아!"

* * *

전율이 집 근처에 도착하니 오후 일곱 시가 조금 넘어 있었다.

어머니는 열 시가 넘어야 돌아오고, 아버지는 노가다를 마친 뒤 대리를 뛰다가 새벽 두 시쯤 들어온다.

이 시간에 집에 있는 건 소율과 하율뿐이었다.

두 자매는 늘 사이가 좋았다.

전율만 없으면 항상 자매 사이에 웃음꽃이 끊이질 않았다.

성격만 놓고 보면 하율이와 소율이는 정반대였다.

하율이는 겁이 많고 소심하며 매사에 신중했다.

소율이는 겁이 없고 대범하며 진취적이었다.

그렇기에 서로 취미도 다르고 관심사도 겹치는 것이 거의 없었다.

하지만 자석의 서로 다른 극이 끌리듯 하율이와 소율이도 대단히 사이가 좋았다.

이미 둘 사이엔 자매 이상의 유대감이 있었다.

하율이는 늘 소율이가 귀가할 시간에 맞춰 저녁을 차려놓곤 했다.

오늘도 그랬다.

시계가 오후 여섯 시 반을 가리킬 때부터 밥 짓고 국을 끓였다.

반찬은 사흘 전에 만들어놓은 콩나물 무침과 어묵 볶음, 콩자반이 있었다.

거기에 어머니가 담근 김치 하나면 가짓수는 몇 개 안 되어도 나름 진수성찬이었다.

소율이는 집에 돌아오면 현관에서부터 맡아지는 밥 냄새가 그렇게 좋았다.

두 자매는 전율이 없는 공간에서 이야기꽃을 피우며 저녁을 먹었다.

"언니, 오늘도 고백받았다?"

소율이는 고백받았다는 얘기를 점심에 매점에서 빵 사 먹었다는 것마냥 아무런 감흥 없이 하율에게 건넸다.

"또?"

하율도 크게 놀라는 기색 없이 받아들였다.

소율이가 남학생들 사이에서 인기 많다는 건 전부터 알고 있었다.

부모님이 전부 좋은 유전자만 물려준 덕분에 어렸을 때부터 아기 모델을 했을 만큼 소율이의 미모는 남달랐다.

물론 하율이도 어디 가서 빠지는 얼굴은 아니었지만 소율이에 비하면 조금 부족한 게 사실이었다.

"응. 옆 반에 창수라고 있는데, 걔가 사귀재."

"그래서?"

"싫다고 했어. 된장국 진짜 맛있다."

"넌 연애 안 할 거야?"

"연애는 무슨 연애야. 우리 집안일 해결하고 나 공부하기도 정신없어 죽겠는데."

그 말에 하율이 피식 웃었다.

"그 공부가 학교 공부는 아니라는 걸 확실히 말해야지."

"맞아, 그림 공부지. 헤헤."

"근데 너 정말로 웹툰 작가 할 거야?"

"응, 진지해. 엄청."

"음……."

"왜?"

"너랑 나랑 자매는 자매인가 보다 싶어서."

"갑자기 웬 뜬금포?"

"서로 참 많이 다른데, 결국 둘 다 어디 취직 안 하고 프리랜서 선언이라니. 이런 게 닮은 구석이 있다는 걸까?"

"엄마, 아빠 기절할 얘기야, 이거."

"호호호."

자매가 동시에 웃음을 터뜨렸다.

하율은 지금 작은 출판사에서 책 번역 일을 의뢰받아 하고 있었다.

직원이 아닌 프리랜서의 개념이다 보니 일이 늘 있는 건 아니었다.

그래도 두꺼운 책 한 권을 번역하고 나면 백 가까이 되는 돈을 챙길 수 있었다.

일이 많은 날은 작은 책 여러 권을 번역하기도 했다.

수입이 아주 없는 건 아니지만 집안 형편이 이렇다 보니 지금 하율이의 벌이로는 크게 도움이 되지 못했다.

부모 마음이야 하율이가 어디 취직해서 안정된 직장을 가졌으면 하는 게 사실이었다.

하지만 취직을 안 하는 게 아니라 못 하는 거였다.

하율이가 잘하는 것이라곤 일본어 하나밖에 없었다.

물론 하율이의 성격이 소심하지 않고 대인관계가 좋았다면 다른 쪽으로 운이 트였을 수도 있었다.

그러나 하율이는 사람 상대하는 걸 잘 못한다.

낯가림이 원체 심해, 처음 보는 사람과 눈을 마주치는 것도 힘들어하는 경우가 많다.

그렇다 보니 하율이는 집에서 책 번역을 하는 일이 가장 적성에 맞았다.

한데 하율이와 정반대의 성격인 소율이도 직장에 취직하기보단 프리랜서의 길을 걸으려 하고 있었다.

가뜩이나 전율이 개망나니인지라 가계에 전혀 도움이 안 되는데 두 딸까지 이렇게 나오니 부모 속이 타들어가는 건 어쩔 수 없는 일이었다.

그래도 소율이는 웹툰으로 성공할 자신이 있었다.

1년 전, 소율이는 열 편 정도의 짧은 웹툰을 만들어 자신의 블로그에 게시했었다.

한데 그 웹툰은 엄청난 인기를 끌었고 인터넷 포털 사이트 인기 검색어에 오르기까지 했었다.

그만큼 소율이는 그쪽으로 재능이 뛰어났다.

때문에 부모님들은 불안해해도 하율이는 소율이를 굳건히 믿어주었다.

두 자매의 식사 분위기가 한창 무르익었을 무렵.

탁. 탁.

현관문이 열렸다 닫히는 소리가 나더니 곧이어 전율이 거실로 들어섰다.

한창 밥을 먹고 있던 하율이는 얼굴이 파랗게 질려서 숟가락질을 멈췄다.

반면 소율은 전율이 조금도 개의치 않았다.

"오빠 왔어? 밥 안 먹었으면 와서 밥 먹어. 단! 지금 기분 엉망이라 상 엎을 것 같으면 도로 나가. 저번처럼 상 엎어버리면 사생결단 낼 거야."

그렇게 말하는 소율을 전율은 멍하니 바라보았다.

늘 밝고 명랑하고 대찬 여동생 소율이.

살인마에게 잡혀 안타깝게 생을 마감해야 했던 소율이가 멀쩡하게 살아서 전율의 앞에 있었다.

'정말… 정말 소율이야.'

전율은 다시 한 번 이게 현실이라는 걸 실감했다.

그렇게 보고 싶어 했던 두 피붙이 자매가 자기 앞에서 살아 숨 쉬고 있었다.

전율이 벅차오르는 감정을 억누르려다 더 참지 못하고서 결국…….

"뭐야, 오빠 울어?"

"율아… 너 아까부터 왜 이래, 진짜?"

전율의 빰을 타고 뜨거운 눈물이 흘러내렸다.

소율은 의아해했고, 하율은 무서워했다.

전율이 그런 자매 앞에 무릎을 꿇더니, 두 손으로 바닥을 짚고 고개를 떨궜다.

"소율아… 누나……."

전율이 두 사람을 불렀다.

그러자 자매는 깜짝 놀랐다.

전율은 인생 삐딱선을 탄 이후로 소율이와 하율이를 무조건 '야'라고 불렀었다.

한데 소율에게 이름을 불러주었고, 하율에게는 누나라고 해주었다.

갑작스런 전율의 이상행동에 하율은 살짝 혼란스러워졌다.

그와 대조적으로 소율은 가만히 전율을 살폈다.

방바닥에 전율의 닭똥 같은 눈물이 뚝뚝 떨어졌다.

"진짜… 미안해. 내가… 내가 많이 미안해. 정말 미안해. 이 말을 얼마나 하고 싶었는지 몰라. 앞으로… 절대 이렇게 안 살게. 제대로 살게. 진심으로 미안해……."

소율이와 하율이가 죽은 뒤 수백, 수천, 수만 번 속으로만 되뇌던 말, 미안하다는 말.

그 말을 본인들 앞에서 직접 할 수 있는 날이 오리라고는 생각지 못했었다.

하지만 두 자매는 그런 전율의 반응이 당황스럽기만 했다.

"언니, 오빠 왜 저래?"

"몰라. 아까부터 이상했어."

소율이 전율에게 다가가 어깨를 탁탁 두들겼다.

"오빠 뭐 잘못 먹었어? 아니면 밖에서 무슨 일 있었어? 뭔데? 왜 그러는데?"

전율이 눈물을 닦고 말했다.

"소율아, 오빠 정신 차렸다."

"뭐?"

"이제부터 절대로 양아치 노릇 안 할 거야. 제대로 일해서 돈도 벌고 가족들한테 폐 끼치는 짓도 안 할게. 그리고 누나."

"왜, 왜?"

하율이 더듬거리며 대답했다.

"여태껏 누나 대접도 못 해주고 속 썩여서 미안했어. 앞으로 내가 누나랑 소율이 잘 챙길게."

"율아 너… 진심이니?"

"백 번 천 번 물어봐도 진심이야."

하율이 전율의 눈을 가만히 바라보았다.

하루아침에 달라져 버린 동생이 낯설긴 했지만 전율의 눈은 거짓을 말하고 있지 않았다.

아무리 개차반처럼 살던 전율을 싫어했다 하더라도 그들은 피 섞인 가족이었다.

상대가 거짓을 말하는지 아닌지는 눈만 봐도 알 수 있었다.

전율의 진심이 마음에 와 닿자 마음 약한 하율이 왈칵 눈물을 쏟았다.

"율아… 흐윽! 흑!"

"어? 언니까지 왜 울어?"

소율이는 두 사람 사이에서 어쩔 줄을 몰라 했다.

전율이 몸을 일으켜 천천히 하율에게 다가갔다.

하율은 저도 모르게 움찔했지만, 전처럼 놀라거나 하지 않았다.

전율이 하율을 품에 꼭 안아주었다.

어렸을 때 이후로 정말 오래간만에 느껴보는 누나의 체온이 전율에게 고스란히 전해졌다.

하율도 그런 전율을 마주 안았다.

그런 둘을 보며 소율은 자기 몸을 마구 긁어댔다.

"아으으! 오글거려 죽겠네! …근데 보기 나쁘진 않다."

*   *   *

밤 열한 시.

집에 같이 돌아온 전율의 아버지 전대국과 어머니 이유선도 자매와 똑같은 반응이었다.

전대국은 오늘 피로가 너무 쌓여서 대리 일을 하루 쉬기로 하고 이유선에게 전화를 걸어 함께 귀가한 것이다.

온 가족이 한데 모인 자리.

전율만 네 사람과 동떨어진 곳에 무릎을 꿇고 있었다.

"이제부터 절대로 속 안 썩일게요, 아버지, 어머니."

딸꾹!

전율의 말에 이유선은 딸꾹질을 시작했다.

전대국은 시선을 전율에게 고정시켜 놓은 채로 이유선에게 물었다.

"여보, 율이가 지금 존댓말한 거요, 아님 내 귀가 이상해진 거요?"

"저도 방금 당신한테 물어보려 그랬어요."

"율아, 너 갑자기 왜 이러냐? 또 무슨 꿍꿍이야?"

"그런 거 없어요, 아버지. 그냥… 늦게나마 이렇게 살면 안 되겠다는 생각이 들었어요. 정말이에요."

"진심이냐?"

"네."

"흐음."

전대국이 전율의 얼굴을 지그시 바라봤다.

전율은 전대국의 시선을 피하지 않았다.

그러면서 테이밍의 능력 호의를 살짝 내보냈다.

언젠가 전율의 진심은 가족들에게 분명 통할 테지만 호의를 이용하면 그 시간을 더 줄일 수 있었다.

질러가도 되는 길을 돌아갈 필요는 없었다.

호의에 노출된 전대국이 슬쩍 미소 지으며 고개를 끄덕였다.

"그래, 믿어보마."

전대국이 그렇게 나오자 이유선도 자기 아들을 믿기로 했다.

"율아, 이제 정말 엄마 아빠 실망시키는 일 안 할 거지?"

이유선이 물었다.

전율은 망설임 없이 고개를 끄덕였다.

"그럼요. 앞으로 정말 제대로 살아볼게요."

이유선은 금세 눈물이 그렁그렁해서 전율의 손을 꼭 잡았다.

"그래, 그러면 됐다. 이제라도 바른 마음 먹었으면 됐어."

이유선이 우니, 하율도 덩달아 울었다.

하지만 전대국과 소율은 몸을 부르르 떨며 고개를 저었다.

그 모습이 꼭 데칼코마니 같았다.

"간지럽구나."

"나도 그래, 아빠."

소율은 전대국의 성격을 꼭 닮았다.

"둘 다 그만 울고, 더 늦기 전에 술상이나 내와요."

"술상이요?"

이유선이 눈물을 훔치며 고개를 갸웃거렸다.

"우리 아들이 정신 차린 날이면, 이거 거의 국경일과 맞먹는 경산데 그냥 넘어갈 수 있겠소? 한번 거하게 마셔야지."

그러자 소율이도 엄마를 부추겼다.

"맞아! 다 같이 축배를 들자구요!"

그런 소율을 전율이 다그쳤다.

"소율아, 너 은근슬쩍 술 마시려고 하지 마. 절대 안 돼. 너 아직 고등학생이잖아. 그런데 술은 무슨 술이야. 학생이면 학생답게 본분에 충실해야지. 졸업하기 전까지는 꿈도 꾸지 마."

"……"

"……"

"……"

갑자기 온 가족이 어처구니없는 얼굴로 전율을 바라보았다.

전율은 뒤통수를 긁적이며 물었다.

"다들 왜 그러세요?"

전대국이 귀를 후비며 대답했다.

"아무래도 내 귀에 문제가 있는 게 확실한 것 같구나."

"당신 귀 정상이에요. 저도 들었어요."

"율아… 너 진심이니?"

"참 나. 똥 묻은 개가 겨 묻은 개 나무란다더니! 중학교 때부터 담배 피우고 술 마시던 오빠가 나한테 할 말이야?"

소율의 말을 듣고 나서야 전율은 지금 가족들의 반응이 이해가 되었다.

뻘쭘해진 전율이 자리에서 벌떡 일어나며 화제를 전환했다.

"그럼 술은 제가 사 올게요."

"돈은 있냐?"

"네, 있어요, 아버지."

"소주로 열 병 사 와라."

*   *   *

전대국과 쉬지 않고 대작을 하는 전율이 두 자매는 은근히 걱정되었다.

이유선과 전대국은 전율의 주사를 본 적이 없다.

하지만 자매는 전율의 주사를 여러 번 보았다.

가장 많이 본 건 소율이었다.

전율은 술에 취하면 개가 된다.

자신의 마음에 들지 않는 사람을 피떡이 되도록 패는 건 기본이고 기물 파손도 심심찮게 저지른다.

그뿐인가?

고성방가에 욕설에 노상방뇨에다가 차마 입에 담기 힘든 음담패설까지!

하여튼 술 먹고 주사를 부리기 시작하면 누구도 말릴 수 없었다.

그래서 자매는 전율이 취하지 않기를 간절히 빌었다.

하나 자매는 모르고 있었다.

전생에서 전율은 외계 종족의 침략 이후로 주사를 싹 고쳤다는 것을.

늘 죽음을 곁에 달고 살아야 하는 상황에서 술은 피폐해진 정신에 한 줄기 단비 같은 것이었다.

알코올이 머리를 적시면 그나마 마음이 편해졌다.

마냥 방황하던 시절의 주사 같은 건 없었다.

오히려 술은 전율의 심신을 안정시켜 주는 약과도 같았다.

지금도 그러했다.

아직 외계 종족이 침략한 건 아니었지만 멀지 않은 미래에 분명 그들이 지구로 쳐들어온다.

그 불안감을 안고 있는 전율에게 주사라는 건 있을 수 없는 일이었다.

전대국은 대단한 주당이었다.

전율도 아버지를 닮아 술이 상당히 셌다.

술자리가 시작된 후, 단 한 시간 만에 두 사람은 각 소주 3병씩을 비웠다.

안주는 김치찌개 달랑 하나였다.

그런데도 둘 다 취한 기색이 없었다.

한 시간이 더 흘러 사 온 술이 모두 동났다.

술이 약한 이유선과 하율은 한 병을 가지고서 둘이 반씩 나눠 마셨는데도 취기가 확 올랐다.

"율아, 술이 모자라다."

"얼른 다녀오겠습니다."

전율은 당장 밖으로 나가 편의점에서 다시 소주 열 병을 사 왔다.

다시 한 시간이 더 흐르고 나서 소주 여덟 병이 비워졌다.

그제야 부자의 얼굴에 취기가 돌았다.

마저 두 병을 더 비우고 나서 얼큰하게 취한 전대국이 미소 띤 얼굴로 전율의 어깨를 탁탁 두들겼다.

"이놈아. 네가 정신을 차려서 이 애비가 얼마나 기쁜지 모른다."

"앞으로 더 기쁜 일만 계속 생기게 해드릴게요."

"그래야지! 암!"

이유선과 하율은 이미 취해서 잠들어 있었다.

소율은 혹시라도 전율이 주사를 부릴까 걱정되어 무거운 눈꺼풀을 억지로 부여잡았다.

하지만 술자리가 파하는 순간까지 소율이 걱정하는 그런 일은 벌어지지 않았다.

전대국이 먼저 안방으로 들어가고 전율은 뒷정리를 했다.

소율이 그런 전율을 도우며 은근히 물었다.

"오빠, 괜찮아?"

"응? 뭐가?"

"오늘은 개가 아니라 사람이야?"

"오빠한테 개가 뭐냐, 개가."

"진짜 신기하네. 사람이 정신을 차리면 주사까지 사라지나?"

"그런가 보지."

"오빠가 오빠 주사를 알아?"

"알아. 기억은 다 있어."

"오빠 진짜 많이 변했구나."

"오빠 앞으로 더 많이 변할 거다. 놀라 자빠지지나 마라."

그것은 소율에게 하는 말이기도 했지만, 실은 전율이 자기 자신에게 하는 말에 더 가까웠다.

전생에 자신이 망쳐 놓은 것들을 이번 생에서는 전부 바로 잡을 것이다.

결자해지(結者解之).

매듭은 지은 사람이 풀어야 한다.

'내가 망쳐 놓은 것들을 다 바로잡는다.'

전율은 속으로 몇 번이나 다짐하고 또 다짐했다.

변화는 지금부터 시작이었다.

Chapter 6.
신수 초백한(超白鵰)

다음 날.

전대국이 노가다 나갈 준비를 하는 소리에 전율이 눈을 떴다.

아직 다섯 시밖에 안 됐는데 전대국은 이미 샤워를 마치고 하율이 끓여놓은 된장찌개에 밥까지 말아 먹은 뒤였다.

"아버지, 나가세요?"

"어이쿠!"

갑자기 들려온 전율의 목소리에 신발을 신던 전대국이 화들짝 놀랐다.

"벌써 일어났냐?"

"네."

"진짜 사람이 변하긴 변했구나. 흐음."

전대국은 조금 걱정스런 얼굴로 전율을 바라봤다.

"왜 그렇게 보세요?"

"사람이 죽을 때가 되면 변한다 그러던데… 조심해라."

전율이 피식 웃었다.

그는 죽을 때가 되어서 변한 게 아니라 이미 한 번 죽어서 변한 것이었다.

"아버지도 조심해서 일하세요."

"그래."

어제 술을 그렇게 마셔놓고도 아무렇지 않게 출근하는 전대국의 뒷모습이 전율의 가슴을 아리게 만들었다.

전율은 가족들이 일어나기 전에 조용히 밥을 챙겨 먹고 설거지를 마친 뒤, 깨끗하게 씻었다.

그리고 새벽부터 밖으로 나갔다.

그가 서둘러 집을 나온 데엔 이유가 있었다.

어제 잠들기 전 마더가 해준 이야기 때문이었다.

전율은 술자리를 파한 뒤 소율이와 함께 뒷정리를 마치고서 자기 방으로 들어가 잠을 청했다.

수마가 전율의 의식을 빠르게 잠식할 무렵, 그는 잠꼬대처럼 중얼거렸었다.

"그나저나 한국에 사는 신수는 어디 가서 찾아야 하는 거야……."

그때 마더의 음성이 들려왔다.

[시저의 과거 인터뷰 자료를 분석했습니다. 그중 전율 님에게 도움이 될 구절을 편집해서 플레이시키겠습니다.]

"신수는 전 세계에 존재합니다. 그건 제가 애니멀 커뮤니케이터 시절부터 이미 알고 있던 사실이죠. …제가 처음 테이밍시켰던 신수는 예티였습니다. 다른 말로 설인이나 빅풋이라고 불리는 존재죠. 예티에 대해서는 여러 가지 설이 떠돌지만 그는 신수였습니다. …동양의 신수에 대해서도 관심이 많습니다. 특히 중국과 일본에 많은 신수가……. 여행 삼아 한국 땅을 밟은 적이 있었죠. 저는 한국에서도 중국, 일본 못지않게 많은 신수가 산다는 걸 알 수 있었습니다. 가장 많은 신수들이 살고 있는 곳은 가야산 최고봉이었습니다. 그곳에는 수많은 신수가 가족처럼 모여 살더군요. 작은 신수부터 거대한 신수까지, 그곳은 신수들의 천국이었습니다. 단 한 번도 그런 장관은 보지 못했습니다. 특히 초백한이라는 신수가 제법 귀엽더군요. 뭐가 귀여웠냐구요? 산삼을 기가 막히게 찾아내는 게 그렇게 귀엽더라구요. 산삼이 이 녀석의 주식이거든요. 그래서 테이밍했답니다."

[플레이를 종료합니다.]

그것이 어젯밤 잠들기 전 있었던 일이다.

그래서 전율은 당장 가야산으로 향하기로 했다.

"산삼을 캐는 신수 초백한. 그 녀석만 찾아내면 인생이 한 방에 풀린다."

"으음… 산삼이 뭐……?"

거실에 있던 전율이 들뜬 나머지 너무 크게 얘기한 모양이다.

안방에서 자고 있던 이유선이 그것을 듣고 잠꼬대를 했다.

전율은 얼른 입을 다물고서 작은 백팩에다가 산행에 필요한 짐을 챙겼다.

모포와 수건, 맛소금과 참기름으로 간을 해서 둥글게 만 주먹밥 두 알과 물을 가득 담은 물통을 차곡차곡 넣었다.

간소하게 짐을 담은 백팩을 등에 맨 전율이 심기일전한 뒤, 집을 나섰다.

＊ ＊ ＊

가야산은 경상남도 합천군에 있었다.

전율이 살고 있는 춘천에서 합천군까지 한 번에 가는 버스 편은 없었다.

천상 강남의 남부터미널까지 갔다가 거기서 다시 합천으로 가는 버스로 갈아타야 한다.

집에서 나온 전율은 걸음을 바삐 놀렸다.

그런데 이 새벽에 어딘가에서 전화가 왔다.

모르는 번호였다.

"누구지?"

번호가 저장되어 있지 않다고 오는 전화를 피하거나 하지 않는 전율이었다.

전율은 전화를 받았다.

"여보세요."

그러자 익숙한 듯 낯선 여인의 음성이 들려왔다.

―전율 씨… 전화가 맞나요?

"네, 맞습니다."

여인은 전화를 받는 이가 전율이라는 것을 확인하고 난 뒤 한동안 말이 없었다.

한시 바삐 가야산을 가야 하는 전율에게는 달갑지 않은 행동이었다.

"누구시죠?"

오래 참지 못하고서 전율이 물었다.

—나… 지우야.

"어? 지우?"

—응.

"내 번호는 어떻게 알았어?"

—동창들한테 물어봤어.

지우와 전율이 어울려 다니던 친구들은 확연히 달랐지만, 그 안에서도 건너건너 서로 맞물리게 되는 교집합이 있었다.

그래서 전율의 번호를 알아낼 수 있었다.

전율은 그녀가 왜 전화를 한 것인지 궁금했다.

"무슨 일이야?"

바로 목적부터 물어봤다.

회귀를 한 이후부터 전율은 일상의 모든 일을 속전속결로 밀고 나가려는 성향이 있었다.

그에겐 지금 일분일초가 소중했기 때문이다.

이렇게 전화를 하고 있는 와중에도 외계 종족의 침략 시기는 계속해서 가까워지고 있었다.

—어제 네가 했던 말… 진심이야?

"응, 진심이야. 그러니까 걱정하지 마. 미래대부에서 연락 오는 일 없을 거야."

—아니, 연락 왔었어.

"뭐?"

전율의 미간이 와락 구겨졌다.

김 사장 일가는 절대로 건드리지 말라고 분명히 말했는데 하루가 가기도 전에 연락을 해왔다고?

"이 개새끼들이! 기다려. 확실히 해결할 테니까."

―아니, 그런게 아니야.

"무슨 말이야?"

―어젯밤에 아빠한테 전화가 왔었어. 기다릴 때까지 기다려 줄 테니까 걱정 말고 천천히 돈 갚으라고. 이자도 필요 없으니 원금만 확실히 갚으라고 말야.

"그래?"

―응.

"잘됐네. 무슨 일 생긴 게 아니라 다행이다. 그만 끊을게."

―자, 잠깐만! 왜 그렇게 급해?

"더 할 말 있어?"

―저… 고, 고마워.

지우는 있는 용기 없는 용기를 모두 짜내서 고맙다는 말을 전했다.

지우의 머릿속에 각인되어 있는 전율은 상당히 질 나쁜 인간이었다.

그런 인간이 한 번 좋은 일을 했을 뿐이다.

사람은 절대 쉽게 변하지 않는다.

그래서 여전히 전율은 나쁜 인간이라고 믿는 지우였다.

하지만 문제는 그 한 번의 좋은 일이 지우의 가족을 살려 줄 만큼 엄청 컸다는 것이다.

이렇게 큰 도움을 받았는데 감사의 인사를 하지 않는다면 그건 도리가 아니었다.

물론 말로만 그칠 생각은 없었다.

어떻게든 감사 표시를 하고 싶었다.

─그래서 말인데… 내가 오늘 밥이라도 사려고. 혹시 저녁에 시간 돼?

"아니."

전율에겐 지금 그럴 시간이 없었다.

한시바삐 가야산을 찾아가 초백한을 찾아야 했다.

자신의 제의를 단칼에 잘라 버리는 전율의 단호함에 지우는 몹시 당황했다.

여태껏 지우에게 밥 한 끼 먹자고 접근하는 남자가 열 트럭이 넘었다.

그만큼 지우는 예뻤다.

자신이 남자를 거절한 적은 있어도, 거절당한 적은 한 번도 없었다.

갑자기 자존심이 살짝 상했다.

그렇다고 이대로 통화를 끝낼 수는 없었다.

지금 그녀의 집 사정이 좋지 않아 큰 보답을 하기는 힘들었다.

그래도 밥 한 끼 사는 것으로 성의 표시를 하지 않으면 마음이 무거워서 견딜 수 없을 것 같았다.

지우는 구겨진 자존심을 애써 무시하며 전율에게 다시 물었다.

―그, 그럼 내일 저녁은 어때?

"안 돼."

전율은 이번에도 거절했다.

가야산에 가서 초백한을 찾는 데 시간이 얼마나 걸릴지 알 수 없는 일이다.

운이 좋으면 빨리 찾을 수 있겠지만, 운이 나쁘면 며칠이 걸릴 수도 있는 일이다.

하지만 그런 속사정을 알 리 없는 지우는 당황스러워 어쩔 줄을 몰라 했다. 한편으로는 오기도 생겼다. 그래서 한 번 더 물었다.

―그럼 내일 점심은? 안 되면 이번 주 중에 아무 때나 난 괜찮은데.

"시간 없어."

지우가 아랫입술을 꼭 깨물었다.

이제는 자존심이고 뭐고 어떻게든 전율과 밥 약속을 잡고 싶어졌다.

—다음 주도 안 돼?

"응."

—그럼 이번 달 안에는?

"어떻게 될지 몰라."

—그게 말이 되니? 어떻게 딱 하루도 시간이 안 날 수가 있어?

전율은 사실을 말하고 있었다.

그러나 지우에게는 전율의 얘기가 도저히 이해되지 않았다.

"내 상황이 지금 그래."

—그럼 대체 언제 시간이 나는데?

"글쎄."

지우는 통화가 길어질수록 점점 기분이 이상해졌다.

'뭐야? 이건 꼭 내가 율이랑 밥 먹고 싶어서 안달 난 여자 같잖아?'

결국 울화통이 터져 버린 지우였다.

—그래, 시간 없다는 사람한테 내가 괜히 억지 썼나 보다. 아무튼 도와줘서 정말 고마웠고, 앞으로 연락하는 일 없을 거야! 됐니?

삐리리.

전율은 대답도 없이 전화를 끊어버렸다.

지우는 기가 차서 들고 있던 스마트폰을 보며 헛숨을 내뱉었다.

"하! 뭐, 뭐야? 아무리 내가 도움받은 입장이라지만 너무한 거 아니야? 물론… 엄청나게 많이 도움받은 거긴 하지만… 그래도 이건 너무하잖아, 전율!"

하지만 지우가 모르는 게 하나 있었다.

전율은 전화를 일방적으로 끊은 게 아니라 배터리가 다 된 것이었다.

지우가 자신을 얼마나 저주하고 있는지도 모른 채, 전율은 택시를 잡아타고 시외버스터미널로 향했다.

지금 전율의 머릿속엔 지우가 들어올 틈이 없었다.

*   *   *

오후 한 시가 조금 넘은 시간.

전율은 가야산 초입에 들어서고 있었다.

"마더, 가야산의 최고봉이 어디지?"

[메모리 검색 결과 가야산의 최고봉은 칠불봉입니다.]

"고마워."

전율은 칠불봉으로 가장 빨리 갈 수 있는 루트를 따라 걸음을 옮겼다.

과거 등산이라고는 한 번도 한 적 없는 전율이었다.

하지만 체력 하나는 타고 났기에 산을 빠른 걸음으로 오르는 데도 크게 무리가 없었다.

두 시간이 조금 더 걸려서 전율은 칠불봉에 도착할 수 있었다.

시저는 이곳에 신수가 많다고 했지만 전율의 눈에는 아무것도 보이지 않았다.

신수들은 영력(靈力), 즉 신령스러운 힘이 강한 이가 아니면 볼 수 없었기 때문이다.

그러나 전율에게는 스토어에서 구매한 이면의 안경이 있었다.

사위를 쭉 둘러본 전율이 마더에게 말했다.

"마더, 초백한의 생김새를 알 수 있을까?"

[시저가 했던 인터뷰 중 초백한의 모습을 묘사한 대목을 기반으로 이미지화시키겠습니다.]

마더의 말이 끝나는 순간 신기하게도 전율의 눈앞에 홀로그램처럼 초백한의 모습이 떠올랐다.

전율은 마더의 능력에 작은 탄성을 내뱉고서 초백한의 모습을 살폈다.

초백한은 기본적으로 꿩과 비슷한 모습을 하고 있었다.

하지만 덩치가 세 배는 컸고, 등에는 하얀 털이, 배에는 까만 털이 자라 있었다.

얼굴은 새빨간 물감을 칠한 듯 붉었다.

쭉 뻗은 다리와 날카로운 발톱, 강인해 뵈는 부리, 영롱하게 빛나는 두 눈이 상당히 인상적이었다.

"오케이, 이렇게 생겼단 말이지."

생김새를 알았으니 이제 초백한을 찾는 일만 남았다.

전율은 이면의 안경을 꺼내 들었다.

안경으로 신수를 볼 수 있는 시간은 딱 10초밖에 안 된다.

그 안에 찾아내지 못하면 모든 일이 수포로 돌아간다.

때문에 신중에 신중을 기해야 했다.

전율은 테이밍의 능력을 발휘, 호의를 칠불봉 사방으로 퍼뜨렸다.

그러자 이전까지는 느껴지지 않았던 머릿속 기이한 기운, 스피릿의 크기가 정확히 가늠되었다.

몇 번 능력을 시전함으로써 익숙해지자 벌어진 현상이었다.

전율의 스피릿은 현재 그다지 강력하지 않다.

때문에 이런 식의 광범위 사용은 스피릿을 금방 고갈시켜 버린다.

전율은 스피릿이 빠르게 약화되는 걸 느꼈다.

이런 속도라면 5분도 버티기 힘들 것 같았다.

하지만 전율은 계속해서 더 멀리 호의를 퍼뜨렸다.

칠불봉에 있는 신수들을 최대한 많이 끌어모으기 위해서였다.

이면의 안경은 10초만 신수를 볼 수 있게 해준다.

때문에 그것을 착용하고 칠불봉 이곳저곳을 살펴보기란 힘든 일이다.

그래서 전율은 호의를 칠불봉 전체로 흩뿌려 자신의 주변으로 신수들이 모여들게 한 것이다.

물론 얼마나 많은 신수가 모여들진 알 수 없는 일이다.

재수가 없으면 단 한 마리의 신수도 오지 않을 수 있다.

하나 지금은 이것이 최선이었다.

'초백한! 초백한만 있으면 돼!'

어차피 전율의 목표는 초백한 한 마리였다.

백 마리가 모이든 열 마리가 모이든 초백한만 있다면 그걸로 충분했다.

전율의 스피릿이 이제 거의 고갈 단계에 다다라 있었다.

전율은 들고 있던 이면의 안경을 착용했다.

그러자 놀라운 광경이 펼쳐졌다.

그의 주변에 십수 마리의 신수가 모여들어 있는 게 아닌가?

생김새도, 덩치도 제각각인 신수들은 전설 속에서나 나올 법한 모습을 하고 있었다.

하나같이 이 동물 저 동물을 마구잡이로 섞어놓은 것처럼 특이했는데, 그게 보기 싫지는 않았다.

오히려 아름다웠다.

전율은 신수들을 둘러보며 초백한을 찾았다.

그런데.

'없어!'

안타깝게도 초백한의 모습은 보이지 않았다.

그러는 사이 벌써 4초가 흘러갔다.

이제 6초가 더 지나면 이면의 안경은 무용지물이 되고 만다.

'다른 녀석이라도 테이밍시켜야 하나?'

다시 2초가 더 흘렀다.

남은 시간은 4초.

전율은 찰나의 순간 마음속으로 숱한 갈등을 했다.

그때, 전율의 시야에 고릴라를 닮은 거대한 신수 뒤로 뾰족하게 솟구친 하얀 털이 보였다.

전율은 혹시나 싶어 거대한 신수의 뒤를 살폈다.

'있다!'

초백한은 거대한 신수에게 가려져 보이지 않았던 것이다.

다행히 살짝 삐져나온 꼬리털 덕분에 전율은 초백한을 발견할 수 있었다.

하나 남은 시간은 2초에 불과했다.

전율이 사방으로 흩뿌렸던 호의를 초백한에게만 쏘아 보냈다.

그리고 서큐버스의 피를 꺼내 초백한에게 내밀었다.

남은 시간은 1초!

'제발 먹어라!'

초백한은 전율이 내민 붉은색 알약을 바라봤다.

하지만 그것을 집어 먹지는 않았다.

그러는 사이 10초의 시간이 전부 소모되었고, 이면의 안경은 깨졌다.

콰직!

수백 개의 조각으로 나뉜 안경의 파편들이 바닥으로 후두둑 떨어졌다.

더 이상 초백한의 모습은 보이지 않았다.

초백한을 테이밍하는 건 실패로 끝났다.

"젠장!"

전율이 안타깝고 분한 마음에 욕을 뱉었다.

시간이 조금만 더 있었다면 초백한을 테이밍할 수 있었을 텐데!

자신이 초백한을 늦게 발견한 것이 원망스러웠다.

그렇다고 이미 벌어진 일을 되돌릴 수는 없는 법.

후회는 아무리 빨라도 늦다.

"하아."

전율이 허탈한 마음으로 서큐버스의 피를 회수하려 할 때였다.

덥석!

"어?"

서큐버스의 피가 갑자기 사라졌다.

전율의 눈에는 보이지 않는 초백한이 서큐버스의 피를 삼킨 것이다.

이면의 안경이 부서지면서 초백한의 모습은 더 이상 보이지 않았지만, 전율은 호의를 거두어들이지 않았다.

그래서 계속 호의의 영향을 받고 있던 초백한이 서큐버스의 피를 조심스레 집어 삼킨 것이다.

서큐버스의 피를 삼킨 이가 다른 이에게 마음을 활짝 열어 버리는 시간은 단 5초!

가까스로 잡은 기회를 놓칠 수는 없었다.

"초백한! 널 내 것으로 만들겠다!"

전율이 절실한 마음을 담아 크게 소리쳤다.

순간 스피릿이 호의, 위압과는 다른 또 다른 기운으로 변했다.

그것은 지배였다.

지배는 초백한 머릿속으로 빠르게 스며들었다.

그러자 전율의 정신과 초백한의 정신이 하나로 연결되었다.

이어, 아무것도 없던 허공에 초백한의 모습이 나타났다.

초백한은 전율을 지그시 바라보며 아무 행동도 하지 않고 서 있었다.

하지만 전율은 느낄 수 있었다.

초백한이 테이밍되었다는 것을.

"초백한. 이제부터 넌 나의 신수다."

초백한은 전율의 말을 알아듣고 고개를 끄덕였다.

이미 5초가 지나 있었지만 초백한은 전율에게 거부감을 보이거나 도망치지 않았다.

한번 연결된 둘 사이의 교감도 여전했다.

"됐어. 초백한을 손에 넣었어! 하하하하하하!"

전율은 칠불봉이 떠나가라 웃음을 터뜨렸다.

그런 전율을 보며 초백한이 고개를 갸웃거렸다.

       ＊   ＊   ＊

초백한을 얻었으니 이제 녀석의 능력을 시험해 볼 차례였다.

"초백한, 이 산속에 산삼이 있니?"

초백한은 고개를 끄덕였다.

"그럼 최대한 많이 찾아와 줘."

"끼루루루!"

초백한이 괴이한 울음을 흘리며 날개를 퍼덕였다.

[알겠어요, 주인님!]

동시에 장난기 가득한 어린아이 같은 음성이 전율의 머릿속에서 울려 퍼졌다.

그것은 초백한의 의지가 들린 것이었다.

초백한은 전율의 시야에서 빠르게 사라졌다.

특이한 건 날개가 있는데도 그냥 달려갔다는 것이다.

전율은 초백한이 다시 돌아올 때까지 너른 바위에 앉아 시간을 때웠다.

꼬르륵.

그러다 배가 고파졌다.

가방에서 아침에 미리 준비해 온 주먹밥 두 알을 꺼내 먹었다.

고작 맛소금과 참기름으로 맛을 냈을 뿐인데도 시장이 반찬이라고 꿀맛이었다.

금방 배를 채우고서 물을 마실 무렵, 초백한이 돌아왔다.

한데 전율의 앞에 서서 강아지마냥 꼬리털을 살랑살랑 흔드는 초백한의 부리에는 산삼이 물려 있지 않았다.

"뭐야? 산삼은?"

전율이 묻자 초백한이 고개를 아래로 숙이고 부리를 쫙 벌렸다.

그러자 초백한의 입안에서 산삼 스무 뿌리가 와르르 쏟아졌다.

그걸 본 전율의 눈이 크게 떠졌다.

"…진짜 산삼이야."

산삼들을 살펴보니 뿌리가 제법 굵었다.

하지만 이게 얼마나 값어치 있는 것인지는 알 수 없었다.

전율은 산삼에 대한 지식이 전혀 없었기 때문이다.

"이럴 때 마더가 필요한 거지. 마더."

[말씀하십시오.]

"이 산삼들, 값어치 좀 측정해 줘."

[전율 님의 눈을 통해 산삼을 스캔합니다.]

마더의 말이 끝나는 순간 전율의 눈에서 희미한 빛이 일었다가 금세 사라졌다.

마더는 빠르게 산삼의 정보를 파악해서 전율에게 알려주었다.

[초백한이 캐 온 산삼은 전부 천종산삼, 즉 누군가 파종을 해서 배재한 게 아닌 자생해서 자란 산삼입니다. 재배삼보다 그 값어치가 훨씬 높습니다. 스무 뿌리 전부 30년 근으로 추정되며 2009년의 시세를 적용, 한 뿌리당 300만 원을 호가합니다.]

콰르릉!

전율의 머릿속에 번개가 내리쳤다.

눈앞에 있는 스무 개의 산삼이 한 뿌리당 300만 원이란다.

그럼 전부 다 해서 6,000만 원이라는 얘기다.

초백한을 테이밍해서 한순간에 거금이 들어오게 생겼다.

"대박이다."

혼잣말을 읊조리며 감격에 찬 눈으로 삼들을 바라보던 전율이 준비해 온 수건을 꺼냈다.

그리고 삼을 수건에 싸려 하는데 초백한이 고개를 절레절레 저으며 울어댔다.

"끼루루루!"

"응? 왜 그래?"

초백한은 다시 부리를 쫙 벌렸고 그 안에서 이끼 한 무더기가 와르르 쏟아져 나왔다.

[산삼은 그렇게 막 다루면 안 돼요! 이끼에 싸서 보관하는 게 좋다구요! 애써 얻은 산삼 값어치 떨어지게 만들 거예요?]

"아, 그렇군."

전율이 산삼 스무 뿌리를 이끼로 잘 싼 다음, 다시 겉에다 수건을 둘러서 조심스레 가방 안에다 넣었다.

"초백한. 혹시 이 주변에 천종산삼이 더 있어?"

초백한은 고개를 절레절레 저었다.

칠불봉에 있는 천종산삼은 스무 뿌리가 전부였다.

게다가 재배삼도 존재치 않았다.

하지만 크게 아쉽진 않았다.

지금 초백한이 가져온 스무 뿌리만 해도 대박이었다.

"그런데 초백한은 산삼을 먹고 산다고 하지 않았나?"

전율의 물음에 초백한은 다시 교감을 보냈다.

"끼루루!"

[저는 천종산삼 10년 근을 먹으면 10년 동안 배가 고프지

않고, 20년 근을 먹으면 20년 동안 배가 고프지 않아요! 그리고 어제 40년 근 천종산삼을 먹어서 앞으로 40년 동안은 끄떡없어요!]

"그렇구나."

초백한은 여러모로 마음에 쏙 드는 신수였다.

"좋아, 이제 하산하자. 그런데 내가 테이밍한 신수는 그냥 이대로 날 따라다니는 건가?"

마더의 음성이 들려왔다.

[테이밍한 생명체들은 전율 님의 영혼에 귀속됩니다. 생명체의 이름을 부른 뒤 봉인이라 말하면 전율 님의 영혼 안에 실체가 봉인되고, 다시 꺼내고 싶을 땐 생명체의 이름만 부르면 됩니다.]

"편리하군. 초백한 봉인."

전율이 말을 하자 초백한이 빛으로 변해 전율의 머릿속으로 스며들었다.

"하하."

가슴 가득 뿌듯함이 차올라 전율은 저도 모르게 웃음을 터뜨렸다.

크게 기대하진 않았었는데 초백한도 테이밍하고 천종산삼

도 얻고 그야말로 일석이조의 쾌거였다.

산을 내려가는 전율의 발걸음이 가벼웠다.

단순히 기분 때문만은 아니었다.

전생에는 없던 단전의 오러가 온몸의 활력을 끌어 올려주었다.

가파른 내리막길이 아무것도 아닌 것 같았다.

평소라면 조심해서 내려갔겠지만 전율은 크게 한 발을 내디뎠다. 이어서 빠르게 반대쪽 발이 튀어 나갔다.

계속해서 두 다리가 전광석화처럼 번갈아 움직였다.

전율은 내리막길을 평지처럼 내달렸다.

그럼에도 전혀 위태로워 보이지 않았다.

오히려 몸의 중심이 딱 잡혀 안정감이 있었다.

달리면 달릴수록 점점 더 신이 나는 전율이었다.

단숨에 산 중턱까지 내려온 전율이 갑자기 멈춰 섰다.

불현듯 머릿속에 드는 생각이 있었기 때문이다.

"그러고 보니 오러와 스피릿은 사용해 봤는데 아직 마나는 한 번도 사용해 본 적이 없어."

마나는 뇌전의 기운을 사용하던 유지연의 이능력을 전승받아 생긴 힘이었다.

유지연은 그 능력의 이름을 뇌섬(雷殲)이라고 지었었다.

번개로 모든 것을 섬멸해 버린다는 뜻이다.

뇌섬에는 총 1식부터 최종식인 10식까지가 존재했다.

전율은 생각난 김에 뇌섬을 사용해 보기로 했다.

일단 산책로를 벗어나 인적이 없는 깊은 숲 속으로 향했다.

그리고 가슴에 있는 마나에 집중했다.

맑고 청아한 기운이 느껴졌다.

'마나 역시 오러를 운용하는 것과 그 방법이 크게 상이하지 않을 것이다.'

전율은 오러를 운용했던 것처럼 마나를 자신의 의지대로 움직여 보았다.

역시나 심장의 마나가 반응했다.

그때 마더의 음성이 들려왔다.

[현재 전율 님의 마나로는 뇌섬의 제1식 속박뢰(束縛雷)밖에 사용할 수 없습니다.]

그건 굳이 말 안 해도 충분히 알고 있었다.

그래도 좋다.

속박뢰라도 사용할 수 있는 게 어디인가.

전율은 과거 유지연이 외계 종족과 싸우는 영상과 인터뷰 영상을 수도 없이 봐왔었다.

왜?

유지연이 상당한 미인이었기 때문이다.

얼굴 일품, 몸매 일품, 성격 일품, 이능력까지도 일품이었다.

그래서 유지연은 무결(無缺)의 성녀(聖女)라고도 불리었었다.

아무튼 그 덕분에 유지연이 사용하던 기술에 대해서 기본적인 건 다 꿰고 있었다.

뇌섬을 그냥 사용하면 마나의 크기에 따라 벼락의 힘으로 물리적 타격을 상대에게 가할 수 있다.

하지만 유지연은 뇌섬에 다른 공식을 도입시켜 제1식부터 10식까지의 새로운 기술들로 응용을 했다.

물론 전율은 그 공식이 무언지 알 수 없었다.

전율이 유지연의 영상을 보며 배운 건 뇌섬을 사용할 때의 포즈와 각 기술의 이름뿐이었다.

"속박뢰를 사용하고 싶은데······."

전율은 유지연이 그랬던 것처럼 오른손을 앞으로 강하게 뻗으며 중얼거렸다.

그때 놀라운 일이 일어났다.

전율의 손에서 사과만한 번개의 구(球)가 쏘아져 나간 것이다.

그것은 영락없는 속박뢰였다.

쐐애애애애액! 팍! 파지직!

힘차게 날아간 속박뢰가 나무에 맞아 터졌다.

나무에 지직거리며 잔류가 흘렀다.

전율이 자신의 손을 바라보았다.

속박뢰를 사용하고 싶다는 의지를 일으킨 순간 마나가 제멋대로 반응하더니 이내 기이한 공식이 떠오르며 속박뢰가 시전되었다.

＊　　　＊　　　＊

"그렇구나… 유지연이 만들어놓은 마법의 공식까지도 전승된 거야."

행운도 이런 행운이 또 없었다.

전율은 다시 한 번 속박뢰를 시전했다.

"속박뢰!"

무협 영화 속에 등장하는 주인공처럼 멋지게 폼을 잡으며 손을 쫙 뻗었다.

이번에도 거침없이 뇌전의 구가 튀어나가 나무 기둥에 부딪혔다.

팍! 파지지직!

전율이 희열에 차 주먹을 꽉 쥐었다.

"좋아!"

이제 마나, 오러, 스피릿까지 모든 힘의 사용법을 전부 익혔다.

앞으로는 힘을 키울 방법만 생각하면 되는 것이다.

전율이 희희낙락하며 다시 하산을 하려던 그때였다.

크르르르르르릉.

"응?"

짐승의 울음소리와 함께 등 뒤에서 오싹한 한기가 전율을 확 하고 덮쳐 왔다.

전율이 흠칫하며 뒤를 돌아보았다.

그러자 수풀을 헤치며 전율보다 덩치가 세 배는 큰 호랑이 한 마리가 어슬렁거리며 기어 나왔다.

"뭐야, 저건?"

저도 모르게 뒤로 한 걸음 물러난 전율이 물었다.

[정보가 없습니다.]

마더의 대답이었다.

한데 비정상적으로 덩치가 큰 거대 호랑이에 대한 정보를 전율의 정신에 깃든 초백한이 알려주었다.

[영물, 백년호예요!]

"영물… 백년호(百年虎)?"

[네! 신수가 되기 전 단계에 있는 영물이에요. 백 년을 산 호랑인데 강한 기운을 가진 생명체를 잡아먹으면서 성장해요! 백년호는 지금 주인님을 노리고 있어요!]

"나를 왜?"

[말 그대로 주인님은 강한 기운을 가지고 있으니까요! 주인 님을 잡아먹으면 백년호가 엄청 빨리 성장할 거예요!]

"나 잡아 잡수라고 가만히 있을 순 없지."

전율이 주먹을 말아 쥐었다.

백년호가 그런 전율을 보며 누런 이를 드러내며 어슬렁어슬 렁 다가왔다.

그런 백년호의 움직임에서 긴장한 기색은 보이지 않았다.

녀석은 전율을 완전히 얕잡아 보고 있었다.

'우선 테이밍을 시도해 볼까?'

될지 안 될지는 모르는 일이다.

초백한은 서큐버스의 피가 있었기에 테이밍하는 게 가능했 다.

지금은 서큐버스의 피가 없었다.

때문에 백년호를 테이밍시키는 건 어려울 것이다.

그래도 전율은 시도는 해보기로 했다.

전율의 스피릿이 위압으로 바뀌어 백년호를 확 덮쳤다.

크르릉!

어슬렁거리던 백년호가 흠칫 놀라더니 걸음을 멈췄다.

갑자기 백년호의 눈에 비치는 전율의 존재가 거대한 산처럼 다가왔다.

여유롭던 백년호의 모습은 온데간데없이 사라졌다.

백년호는 영물이다.

가야산 자락에서 신수를 제외한 어느 동물도 감히 백년호를 함부로 대할 수 없었다.

그런데 고작 인간 한 명에게 기가 눌리다니?

백년호의 머릿속이 혼란스러워졌다.

전율은 백년호를 테이밍시키기 위해 위압의 기운을 호의로 바꿨다.

채찍과 당근을 번갈아 준 것이다.

태산 같은 기운이 사라지고 부드러움이 백년호의 정신을 감쌌다.

순간 백년호의 마음이 편안해지며 혼란스러움이 사라졌다.

백년호는 더 이상 전율이 무섭지 않았다.

크와아아앙!

백년호가 크게 포효했다.

'이건 아니군.'

전율은 다시 호의를 위압으로 돌렸다.

또 한 번 무거운 기운이 백년호를 짓눌렀다.

백년호가 몸을 한껏 움츠리며 내밀려던 앞발을 뒤로 뺐다.

……?

갑작스레 전율의 기운이 확확 변하니 백년호는 당황스럽기 그지없었다.

백년호가 머뭇거리는 사이, 전율은 백년호를 테이밍할 수 없다 판단하고서 작전을 바꿨다.

'잡는다!'

전율이 살의를 품는 순간, 그것을 알아챈 백년호가 크게 포효하며 위압의 기운을 떨어냈다.

크와아아아앙!

죽이지 않으면 죽는다는 공포가 백년호를 본능적으로 움직이게 만들었다.

전율의 힘을 제대로 가늠하지 못하고서 싸움을 건 게 후회스러웠으나 후회는 아무리 빨라도 늘 늦다.

백년호가 훌쩍 뛰어올랐다.

거구의 몸임에도 새처럼 가볍게 날아오른 백년호는 그대로 전율의 정수리 쪽으로 떨어져 내렸다.

백년호의 솥뚜껑 같은 앞발이 전율의 정수리를 찍으려 했다.

전율이 주먹에 오러를 둘러 힘껏 내질렀다.

꽝!

백년호의 앞발과 오러 피스트가 부딪히며 대기를 떨어 울렸다.

우두둑!

크왕!

백년호는 앞발의 뼈마디가 다 부러져 나가는 고통에 고함을 질렀다.

타탓!

그 와중에도 정신을 차려 바닥에는 무사히 내려섰지만, 전율은 공격을 멈추지 않았다.

쐐애애액!

한 번 더 오러 피스트가 백년호의 미간을 노리며 날아들었다.

백년호가 몸을 뒤로 빠르게 빼 그것을 피했다.

그때였다.

"속박뢰!"

전율이 오른손을 내밀며 소리쳤다.

그러자 동그란 뇌전의 구가 백년호의 몸으로 쏘아져 나갔다.

백년호는 미처 그것까지는 피하지 못했다.

쐐애액— 퍽! 파지지지직!

크르르르르르!

백년호가 속박뢰에 맞아 파르르 떨었다.

속박뢰는 이름 그대로 목표물이 된 대상을 마비시키는 마법이다.

백년호의 몸속으로 스며든 전류의 그물이 놈의 움직임을 억압했다.

그사이 전율이 전광석화처럼 몸을 놀려 백년호의 지척까지 다가갔다.

그리고 오러 피스트로 백년호의 미간을 정확히 가격했다.

쫘앙!

크르르……!

엄청난 충격이 뇌로 전해지며 백년호의 눈이 풀렸다.

전율은 연이어 오러 피스트를 날렸다.

쫘과과과과과과광!

백년호의 얼굴이 완전히 함몰되며 입과 코에서 피가 콸콸 쏟아졌다.

백년호가 미약한 신음과 함께 옆으로 쓰러져 절명했다.

숨을 거둔 것이다.

"후우."

전율은 비로소 긴장을 풀고 죽어버린 백년호를 바라보았다.

그때 초백한이 전율에게 말을 걸어왔다.

[주인님! 내단을 꺼내세요!]

"내단?"

[영물의 몸에는 내단이라는 것이 있어요! 그리고 주인님의 몸에도 그것과 비슷한 기운이 있는 게 느껴져요! 내단을 먹으면 강한 힘을 얻을 수 있을 거예요! 저를 소환해 주세요!]

"초백한, 소환."

초백한이 전율의 부름에 바로 모습을 드러냈다.

초백한은 죽은 백년호에게 다가가 부리로 가슴께를 콱! 찍었다.

날카롭고 긴 부리가 백년호의 두꺼운 가죽을 뚫고 들어갔다.

백년호의 몸속을 부리로 헤집던 초백한이 내단을 찾아 물고 다시 전율에게 돌아왔다.

초백한의 부리에 물려 있는 내단은 검은색의 자두만 한 환(丸)처럼 생겼다.

전율이 그것을 건네받아 망설임 없이 입안으로 넣었다.

"꿀꺽!"

내단은 입에 들어가자마자 스르르 녹아 풀어지더니 목 안으로 흘러들어 갔다.

이어 단전 부근에서 뜨거운 기운이 심하게 요동치는 게 느껴졌다.

그것은 오러였다.

기존에 전율이 가지고 있던 오러와 백년호의 내단으로 얻은 오러는 서로 뒤섞이지 않고 크게 반발했다.

'이거 어떻게 해야 돼?'

전율은 이런 경우의 대처법에 대해 알지 못했다.

그때 전율의 눈앞으로 미라클 엠페러 댄젤의 인터뷰 영상이 나타났다.

마더가 플레이시킨 것이다.

"오러를 향상시키기 가장 쉬운 방법은 역시 외계 종족의 마나 하트를 주입하는 겁니다. 마나 하트는 마나, 오러, 스피릿, 그 어떤 종류의 힘으로도 치환이 가능하죠. 한데 마나나 스피릿의 경우, 마나 하트로 얻게 된 힘이 무리 없이 몸 안에 융합되지만 오러는 그렇지 않습니다. 기존에 있던 오러와 마나 하트로 얻게 되는 오러는 반발을 일으키죠."

지금 전율이 겪는 상황과 똑같았다.

전율은 단전에서 쉼 없이 부딪치는 두 기운 때문에 정신이 하나도 없었다.

"때문에 새로 받아들인 오러를 안정화시켜야 합니다. 안정화 방법은 오러가 내 육신의 기운에 익숙해질 때까지 전신으로 돌리는 겁니다. 중간중간 단전으로 조금씩 보내면서 반발이 일어나는지 관찰한 후, 반발이 일어나지 않으면 단전에 갈무리하는 겁니다. 어때요? 참 쉽죠?"

전율은 당장 바닥에 주저앉아 내단의 기운을 단전을 제외한 몸 구석구석으로 휘돌렸다.

눈까지 감고 오로지 이 작업에만 몰두했다.

자칫 잘못하면 내장 기관이 다 파괴될 수도 있다는 얘기를 들은 이후라 신중할 수밖에 없었다.

그렇게 한 시간 정도가 흘렀다.

전율은 내단으로 얻은 오러를 슬며시 단전에 흘려보내 보았다.

다행히도 반발이 일지 않았다.

'됐어.'

전율이 모든 오러를 단전에다가 갈무리시켰다.

전과는 비교할 수 없을 만큼 거대한 오러가 단전에 단단히 들어찬 것이 느껴졌다.

오러가 불어나면서 전신에서 강대한 기운이 마구 샘솟았다.

세포 하나하나가 오러의 영향을 받아 건강해지는 것 같았다.

"후우."

전율이 눈을 뜨고 자리에서 일어나자 초백한이 날개를 펴
덕이며 기쁨의 울음을 터뜨렸다.

"끼루루루루루루!"

전율은 그런 초백한을 보며 빙그레 미소 지었다.

"축하해 줘서 고맙다. 전부 네 덕분이야. 이제 돌아가서 쉬
어. 초백한 봉인."

초백한은 빛으로 화해 전율의 머릿속으로 들어왔다.

"이거 정말 천운이라도 따르는 모양이야."

초백한과 산삼을 얻은 것으로도 모자라 영물의 내단을 얻
어 오러까지 키웠다.

전율은 졸지에 얻게 된 행운에 기꺼워하며 산을 마저 내려
갔다.

이제 그의 불운했던 과거를 바꿀 차례였다.

Chapter 7.
천종산삼을 팔다

Return Raid Hunter

　운이 좋아 일이 일사천리로 풀린 덕에 전율은 당일치기로 집에 돌아올 수 있었다.

　이미 그때는 늦은 밤이 다 된 시간이었다.

　전율이 집 안으로 들어서자 하율, 소율 자매와 이유선이 달려 나왔다.

　"오빠! 연락도 없이 어디 갔다 이제 온 거야!"

　"전화는 왜 안 받니?"

　"저, 유, 율아, 너 괜찮아?"

　차례대로 소율, 이유선, 하율의 말이었다.

갑작스런 전율의 돌발 행동에 하율이는 혹시 정신 차렸다고 선포한 지 하루 만에 원래대로 돌아온 건 아닌가 걱정이 됐다.

전율은 가족들에게 자초지종을 설명했다.

"핸드폰은 배터리가 다 됐구요, 나 괜찮으니까 걱정하지 않아도 돼, 누나."

"그래서 어디 갔다 왔냐구!"

소율이 소리를 빽 질렀다.

전율을 노려보는 도끼눈에는 어디서 나쁜 짓 하다 왔으면 가만두지 않겠다는 의지가 가득 담겨 있었다.

"산에 갔다 왔어."

의외의 대답에 가족들의 눈이 휘둥그레졌다.

"산?"

이유선이 물었다.

"네."

"산에는 뭐하러?"

성격 급한 소율이 또다시 전율을 추궁했다.

"이걸 찾으려고."

전율이 메고 있던 가방을 열어 수건과 이끼에 싸놓았던 천종산삼 세 뿌리를 꺼냈다.

사실 전율은 산삼을 몰래 가지고 있다가 처분할 생각이었다.

그리고 산삼을 판 돈을 재량껏 불려 나중에 큰 목돈을 쥐여주고 싶었다.

한데 생각을 바꾼 건, 당장 가족들이 기뻐하는 모습을 보고 싶었기 때문이다.

하율과 소율이는 천종산삼을 보고서도 그게 뭔지 몰라 고개만 갸웃거렸다.

하지만 이유선은 소스라치게 놀라 입을 쩍 벌렸다.

"어머나!"

엄마의 반응에 두 딸들의 고개는 더욱 옆으로 기울어졌다.

"왜그래, 엄마?"

"이거… 사, 산삼 아니니, 율아?"

전율이 크게 고개를 끄덕였다.

"네, 그냥 산삼이 아니고 천종산삼이에요."

천종산삼이라는 말에 이유선의 눈이 튀어나올 듯 커졌다.

그녀는 일반인보다 산삼에 대한 지식이 조금 더 풍부했다.

오래전 그녀의 남편 전대국이 심마니를 했었기 때문이다.

전문적인 직업으로 삼은 건 아니었고 그저 취미 생활 정도였다.

그 덕분에 이유선은 천종산삼이 얼마나 귀한 건지 잘 알고 있었다.

그런데 그런 게 세 뿌리나 있으니 어찌 놀라지 않겠는가?

"저, 정말 이게 다 천종산삼이란 말이니?"

"그렇다니까요."

이유선이 무언가를 곰곰이 생각하다가 전율의 손을 덥석 잡고 물었다.

"어디에서 훔쳤니? 지금이라도 돌려주자. 그러면 일이 더 커지지는 않을 거야."

"뭐야, 오빠 훔친 거야?"

"율아… 이, 이제 그러지 않기로 했잖아."

전율이 한숨을 푹 쉬었다.

지금껏 자신의 이미지가 어땠는지 여실히 보여주는 반응들이었다.

"훔친 거 아니구요, 제가 직접 캐 온 거예요."

"어디서?"

"가야산 최고봉에서요."

"정말이니?"

"제 이름을 걸고 맹세해요."

"딴 거 걸어."

소율이가 그걸로는 택도 없다는 눈빛을 보냈다.

전율이 어떻게 얘기해야 좋을지 고민하다가 현명한 답을 내놓았다.

"내 비상금을 걸고."

"정말이구나, 오빠!"

"어쩜, 네 아빠는 심마니 하면서 한 번도 캔 적 없던 산삼을 세 뿌리가 캐 왔다니?"

"율아, 너 대단하다."

전율이 돈을 얼마나 소중하게 여기는지 잘 아는 가족들은 그제야 진실을 믿었다.

돈이라고 하면 눈을 까뒤집고 물불 안 가리며 달려들던 전율이었다.

전율이 비뚤어진 것도, 나쁜 길로 들어선 것도, 인간쓰레기가 된 것도 다 돈 때문이었다.

그런 전율이 자신의 돈을 걸면서까지 말을 하니 믿지 않을 수가 없는 노릇이었다.

가족들에게 믿음을 준 건 다행이지만, 과거에 자신의 이미지가 얼마나 나빴는지 새삼 느껴져서 한숨이 나오는 전율이었다.

이유선이 전율에게 다시 한 번 진실을 확인했다.

"아무튼 그냥 꿀꺽해도 뒤탈 없는 산삼이라는 거지?"

엄마의 말투에 웃음이 피식 나는 전율이었다.

'그래 우리 엄마는 이렇게 재미있는 분이셨지.'

늘 말 속에 약간의 위트가 섞여 있는 건 이유선의 트레이드마크였다.

이유선뿐만이 아니다.

전대국도 어떤 상황에서든 위트를 잃지 않으려 하는 사람이었다.

예전에는 그 두 사람의 말투가 짜증 나기만 했던 전율이었다.

그러나 지금은 마냥 즐겁기만 했다.

"드셔도 배탈 날 걱정 없는 정직한 천종산삼이에요."

"근데 이걸 어떻게 캐 온 거야, 오빠?"

"아는 동생 놈이 가야산 최고봉에서 천종산삼을 캤다더라고. 반신반의하면서 나도 한번 가봤지. 그런데 대박이 터진 거지."

엉성한 거짓말이었다.

하지만 눈앞에 증거물을 떡 하고 내놓았으니 가족들은 그저 고개만 끄덕일 뿐이었다.

"이게 다 몇 년짜리니?"

"안 그래도 집에 오기 전에 방금 말했던 동생 만나서 물어봤는데 30년 근이라고 하더라구요."

"30년 근이면……."

"뿌리당 최소 300만 원이에요, 어머니."

"최, 최소 300만 원?"

"꺄아아악! 대박!"

"……"

세 여인이 난리가 났다.

특히 하율이는 너무 놀라서 아무 말도 못 한 채 입만 벙긋거렸다.

소율이와 이유선은 서로 부둥켜안고 폴짝폴짝 뛰었다.

"이게 대체 무슨 일이래니!"

"오빠가 정신 차리더니 복덩이가 됐어, 엄마!"

전율은 행복해하는 가족의 모습을 보며 입이 귀에 걸렸다.

세 여인의 행복에 겨운 호들갑은 한참 동안 계속되었다.

*　　　*　　　*

전율은 인터넷으로 천종산삼의 판매처에 대해 조사해 봤다.

천종산삼을 어떤 루트로 팔아야 하는지는 마더의 메모리 회로에도 기록되어 있지 않았기 때문이다.

마더가 뛰어난 컴퓨터인 건 맞지만, 입력되지 않은 정보에 대해서는 답할 방도가 없었다.

하지만 인터넷에서도 산삼의 판매 루트에 대해서는 시원하게 대답해 주는 곳이 없었다.

전율은 거의 하루 종일 인터넷만 잡고 있었지만 이렇다 할 성과를 얻지 못했다.

그러는 동안 하율이는 전율의 방 앞을 왔다 갔다 하며 그의 눈치를 살폈다.

지금 집 안에는 하율과 전율 둘뿐이었다.

이유선과 전대국은 일을 나갔고 소율이는 학교에 갔다.

'엄마랑 아빠는 집에 계셨으면 했는데.'

하율이는 마음속으로 살짝 투덜댔다.

소율이야 학생의 본분을 이행해야 하니, 학교에 가는 게 당연했지만, 이유선과 전대국은 천종산삼을 캐 온 마당에 굳이 일터에 가야 하나 싶었다.

'경사라고 하면 경산데 하루만 쉬시지.'

어제 새벽, 전율 가족은 쉽사리 잠들지 못했다.

그 바람에 전대국이 귀가한 새벽 세 시까지도 모두가 뜬눈이었다.

전율은 전대국에게 천종산삼을 내밀었고, 전대국은 천종산삼이 맞을 것이라고 했다.

직접 캐본 적은 한 번도 없지만, 다른 심마니가 캔 것을 몇 번 본 기억이 있었기 때문이다.

하지만 심마니 일을 했던 것도 이미 오래전 일이다.

전대국은 천종산삼을 핸드폰으로 찍어서 같이 활동했던 심마니 중 제법 솜씨가 있었던 사람에게 전송했다.

당연히 시간이 시간이니만큼 답장은 오지 않았다.

새벽에 노가다 일을 나가기 위해 일어났을 때도 여전히 답장은 없었다.

해서 그것이 백 퍼센트 확실한 천종산삼이라 단정 짓기 힘들었다. 그러니 아직 경사라고 하기엔 이를 것이다.

하율도 그건 알고 있다.

그럼에도 그녀는 두 분이 집에 같이 있었으면 했다.

천종산삼 핑계를 대고 있지만 사실 하율이는 아직까진 남동생과 단둘이 집에 있는 게 조금 불편했기 때문이다.

그나마도 전보다는 나아진 거다.

어제까지만 해도 전율이 불편한 게 아니라 무서웠었다.

이제 무섭다는 감정은 사라졌지만, 어떻게 말을 붙이며 다가가야 할지 애매했다.

아침은 새벽같이 일을 나간 전대국을 빼고서 남은 가족들이 한자리에 모여 먹었다.

하지만 점심은 전율과 둘이 있었기에 차려 먹지를 못했다.

전율에게 밥 먹자는 말을 붙이기가 영 어려웠다.

그렇다고 혼자 먹자니 그것도 아닌 것 같았다.

전율이 먼저 다가와 말을 걸어주면 좋으련만 하루 종일 컴퓨터만 잡고 있으니 어찌할 할 바를 모르는 하율이었다.

시간은 흘러 이제 저녁나절이 되었건만 여태 전율은 자기 방에서 나올 줄을 몰랐다.

꾸르르륵.

하율이의 뱃속에서는 밥을 달라고 난리가 나 있었다.

'어쩌지? 배는 고픈데 말을 걸기는…….'

고민하는 하율이와 달리 전율은 딱히 배고픔을 느끼지 못하고 있었다.

그때, 구세주가 나타났다.

"언니~ 오빠~ 밥 먹자!"

소율이가 하교해서 돌아온 것이다.

하율이는 거실로 튀어나가 소율이를 품에 꼭 끌어안았다.

"소율아~ 보고 싶었어!"

소율이 그런 하율이를 질색하며 밀어냈다.

"꺄악! 징그럽게 왜 이래!"

"히잉, 나 어색해서 죽는 줄 알았어."

"뭐가 어색해? 오빠 땜에?"

하율이 눈물 그렁그렁한 얼굴로 고개를 끄덕였다.

그에 소율이 혀를 찼다.

"쯧쯧, 언니는 너무 소심해서 탈이야."

"말 걸기 불편해서 밥도 못 먹었어."

"아휴, 뭐야, 바보도 아니고."

소율이 용감하게 전율의 방으로 걸어가 문을 확 열었다.

"들어가도 돼?"

인터넷 검색을 하고 있던 전율이 소율을 보고 말했다.

"그런 건 문 열기 전에 물어봐야 하는 거 아니냐?"

"빨리 나와, 밥 먹게. 오빠한테 말 걸기 불편해서 하율 언니 밥도 못 먹었대."

"뭐?"

소율이가 자기 할 말만 하고서 휙 나가 버렸다.

'그러고 보니 오늘 영 허기를 느끼지 못했어.'

다른 건 몰라도 끼니는 꼭 챙겨 먹었던 전율이다.

어떤 상황에서든 정확한 인간 배꼽시계가 바로 그였다.

그런데 오늘은 전혀 배가 고프지 않았다.

'혹시, 이것도 내단의 영향인 건가?'

갑자기 체질이 바뀌었다고 한다면 추측할 수 있는 건 내단 밖에 없었다.

전율의 생각을 읽은 마더가 말을 걸었다.

[백년호의 내단을 섭취해 얻은 기운 중 구십 퍼센트는 단전으로 갈무리되었으나 나머지 십 퍼센트는 갈무리되지 못하고 전신을 떠도는 중입니다. 그 기운이 세포 하나하나에 풍부한 에너지를 공급하고 있습니다. 이런 상황에서 오늘 하루 종일 별다른 운동 없이 가만히 앉아만 있었으니, 허기가 느껴지지

않는 것입니다. 하지만 이러한 현상은 일시적인 것으로 며칠이 지나 떠도는 에너지가 사라지면 함께 사라질 것입니다.]

'그렇군.'

마더는 늘 전율의 상태를 관조하고 있다.

때문에 명쾌한 해답을 내놓을 수 있었다.

"그나저나 누나한테 미안하네."

전율은 얼른 밖으로 나갔다.

소율이는 하율이와 벌써 저녁 준비를 하고 있었다.

바쁜 부모님 대신 둘이서 늘 해왔던 것이라 손발이 딱딱 맞았다.

얼마 시간이 지나지 않아 세 가지 나물 무침에 콩자반, 계란프라이, 돼지고기 김치찌개와 하얀 쌀밥이 올려진 상이 차려졌다.

세 남매는 상 주변에 동그랗게 모여 앉아 숟가락을 들었다.

하율이는 움찔움찔 하며 전율의 눈치를 살폈다. 소율이는 그와 반대로 걸신들린 듯 밥을 먹기 시작했다.

전율은 자신의 눈치를 살피는 하율이 못내 마음에 걸렸다.

"누나."

"어, 어?"

갑작스런 전율의 부름에 하율이 화들짝 놀라 대답했다.

전율은 젓가락으로 고사리나물을 집어 하율의 밥 위에 얹어주었다.

"누나 고사리나물 좋아하지? 많이 먹어. 저녁상 차려줘서 고마워."

"유, 율아······."

전율의 그 작은 배려 하나가 하율의 마음을 울컥하게 만들었다.

한 번도 자신에게 그런 행동을 한 적 없는 전율이었기에 하율의 입장에서는 당연한 것이었다.

당장에라도 울 것 같은 하율의 얼굴을 본 소율이 빈 숟가락으로 상을 탁탁 쳤다.

"오빠! 나도 같이 차렸거든?"

"아, 미안."

전율이 고사리나물을 집어 하율에게 했던 것처럼 소율의 밥 위에도 얹어주었다.

그러자 소율이 미간을 확 구겼다.

"난 고사리나물 싫어하거든?"

"그럼 뭐 좋아하지?"

"와, 기막혀. 언니가 뭐 좋아하는지는 알면서 내가 뭘 좋아하는지도 몰라?"

"누나는 특히 고사리나물을 좋아하니까."

"나도 그만큼 좋아하는 거 있어."

"뭔데?"

갑자기 소율이 배시시 웃었다.

"오빠."

"뭐?"

"오빠를 좋아한다고."

갑자기 이게 무슨 뚱딴지같은 소리인가 싶었다. 소율이의 속내는 이내 드러났다.

"사실~ 나 이번에 폰 바꾸고 싶은데 오빠가 능력 좀 발휘해 주면 안 돼?"

"소율아, 그거 아직 확실한 것도 아닌데……."

하율이가 조심스레 끼어들었다.

"꿍꿍이가 있었구나."

전율이 피식 웃었다.

"한 번에 큰돈 들어오잖아. 요즘 내 친구들 다 스마트폰 쓰는데 나만 2G폰이란 말야. 그러니까 바꿔주라, 응? 응?"

자기에게 애교를 떠는 소율이의 모습이 전율은 귀여웠다.

항상 전율에게 애교는커녕 화내고 훈계만 하던 소율이였다.

그런데 비로소 소율이가 진짜 동생처럼 느껴졌다.

전율이 오빠 노릇을 하기 시작하니 소율도 바뀌고 있는 것이다.

전율은 고개를 끄덕였다.

"그래, 그러자. 이번에 돈 벌면 스마트폰 사줄게."

"진짜? 정말이지?"

"응."

전율의 확답을 듣고 난 소율이 밥 위에 있던 고사리를 날름 집어 먹었다.

"너… 고사리 싫어한다고……."

"오빠가 줘서 그런지 꿀맛이네? 히힛."

"풋!"

소율의 넉살 좋은 모습에 하율이 저도 모르게 웃음을 터뜨렸다.

전율의 얼굴에도 절로 미소가 맺혔다.

"오빠 하나 정신 차리니까 정말 좋다. 그치 언니?"

"응. 아, 그, 그렇다고 율이가 전에는 정신 못 차렸다는 게 아니고……."

"아니야, 누나. 정신 못 차렸었지. 밥 마저 먹자."

세 남매는 그날 정말로 행복한 저녁을 먹었다.

*　　　*　　　*

늦은 밤, 이유선이 식당 일을 마치고 집에 돌아왔다.

그런데 이번에도 전대국과 함께였다.

전대국은 코끝이 빨간 게 어디서 술을 얼큰히 한 모양이었다.

세 남매가 거실로 달려 나와 두 사람을 반겼다.

"엄마, 왔어? 아빠는 왜 취했어?"

소율이 묻자 전대국이 크게 웃었다.

"크하하하! 기분이 좋으니까 마셨지!"

그 말에 두 자매는 모두 짐작 가는 바가 있어서 동시에 외쳤다.

"천종산삼!"

"그래! 문자 보냈던 황 씨한테 답장이 왔는데, 그거 진짜 천종이라더라! 그것도 무려 30년 근! 30년 근이면 한 뿌리에 최소 300! 우리 율이 말이 맞았어! 이거 진짜다! 완전히 심봤다 아아아아!"

전율을 제외한 가족들이 서로 얼싸안고 방방 뛰었다.

전율은 이미 그것이 천종산삼이라는 것을 확신하고 있었기에 감회가 새롭진 않았다.

신수 초백한이 캐 온 것인데 어련하랴?

"꺄아아! 그럼 우리 집 이제 부자 되는 거야?"

소율이가 제일 신나서 조금 오버를 했다.

그러나 전대국은 그런 소율이에게 장단을 맞춰주었다.

"그럼! 부자 되는 거지! 크하하하하!"

"아유, 일단 주무세요. 애들아, 아버지 오늘 코알라 되셨다."

"네? 언제부터 마셨길래요?"

하율이 물었다.

"노가다 끝나자마자 마셨대."

"내가 한참 벽돌 나르다가 그 문자 받는 순간 다 때려치우고 당장 술 마시러 달려가고 싶었단 말이지! 그런데 꾹 참았다!"

전대국은 기분이 어지간히도 좋았다.

사실 천종산삼 세 뿌리 팔아 아무리 돈을 많이 받아봐야 겨우 천만 원이 넘을 것이다.

그것으로는 지금 가족이 진 빚을 갚기엔 터무니없이 적은 돈이었다.

그럼에도 신이 났던 건 아들 녀석이 정신을 차린 데다가 천종산삼까지 캐 오니 비로소 꼬이기만 했던 집안 일이 슬슬 풀려가는 것 같았기 때문이다.

마음 같아서는 온 가족을 다 모아놓고 거하게 마시고 싶었다.

하지만 하율이는 번역 일을 하느라 바쁠 테고 소율이는 아직 학교에 있을 시간이었다.

이유선 역시 일이 열 시에 끝난다.

남은 건 전율뿐인데, 하루아침에 달라져 버린 아들놈의 모습이 기특하기는 하나, 아직 약간의 혼란스러움이 없지 않아 있었기에 결국 혼자 한잔 걸친 것이다.

"율아, 황 씨가 그 산삼 판매 루트도 알아봐 준단다. 무조건 삼백 이상은 받아준다니까 걱정 말고 아빠한테 맡겨!"

"같이 만나러 가시죠."

"응? 같이?"

"자고로 아무리 믿을 만한 사람이라도 큰돈 앞에선 눈 돌아가게 마련이거든요. 혹시 모르니까 같이 가서 확실하게 거래해요."

전율은 전생에 밑바닥 생활을 하며 돈 때문에 형제처럼 지내는 이들이 등에 칼을 꽂는 걸 수없이 봐왔다.

그래서 돈이 걸린 일에는 무조건 신중을 기해야 한다는 신조가 있었다.

전대국은 그런 전율의 제안을 흔쾌히 받아들였다.

"좋아, 그러자! 내 아들놈 덩치가 이렇게 크니 함부로 사기 칠 생각 못 하겠지! 그리고 주먹은 또 좀 세냐? 내가 우리 전율이 합의금 물어준 게 차 한 대 값……."

"여보, 그러다 아들한테 맞겠어요. 난 합의금 없으니까 조용히 들어가 자요."

"…응."

전대국은 이유선의 말이라면 꿈뻑 죽었다.

전대국이 자기 방으로 들어가 눕더니 금세 잠에 빠져들었다.

방에서 나온 이유선이 냉장고로 가 소주 네 병을 꺼내 왔다.

"엄마, 그거 웬 술이야?"

"아빠만 즐기면 되겠니? 우리도 즐겨야지."

"와! 좋아! 치킨 시키자!"

소율이 신나서 이유선을 부추겼다.

결국 그렇게 또 한 번의 술자리가 벌어졌다.

*   *   *

천종산삼 세 뿌리를 파는 데는 나흘이 걸렸다.

다행스럽게도 전대국의 지인 황 씨는 돈으로 장난을 치는 사람이 아니었다.

다만, 천종산삼을 팔아주는 대신 수수료 명목으로 5퍼센트를 받기로 했다.

그 정도는 충분히 납득 가능한 선이었다.

세 뿌리의 천종산삼을 팔고 벌어들인 돈은 총 1,100만 원이었다.

물론 수수료는 뺀 액수다.

예상했던 것보다 300이나 더 벌었다.

황 씨의 수완이 제법 괜찮았기 때문이다.

2009년 3월 23일의 늦은 밤.

전율의 가족들은 거실에 둘러앉아 회의를 벌였다.

주제는 '1,000만 원가량의 목돈을 어떻게 불릴 것인가'였다.

한데 이게 조금 애매했다.

그냥 갖고 있기엔 나름 큰돈이지만, 무슨 일을 벌이기엔 적은 돈이었다.

결국 가족회의는 전대국에게 대리운전 콜이 오며 별 소득 없이 마무리되었다.

*   *   *

전율은 황 씨를 통해 천종산삼을 팔았던 이들 중 한 명의 명함을 전대국 몰래 챙겨놓았었다.

전대국은 대리운전 일을 나갔고 다른 가족들은 잠들었다.

전율이 지갑에서 챙겨뒀던 명함을 꺼냈다.

명함에는 이렇게 적혀 있었다.

'삼일물산 사장 이진택.'

삼일물산은 제법 큰 기업이었다.

그런 회사의 사장이니만큼 이진택은 가진 돈이 많았다.

게다가 자기 몸을 끔찍하게도 아꼈다.

아울러 주변 사람들에게 자신의 부를 과시하는 것도 좋아했다.

때문에 이진택은 천종산삼을 살 때 한 뿌리로는 영 만족 못 하는 눈치였다.

그것을 본 전율이 이진택과 헤어지기 전 아무도 모르게 명함 한 장을 받은 것이었다.

명함에 적힌 번호로 전율이 전화를 걸었다.

한참 늦은 밤이라 실례될 수도 있는 행동이었다.

하지만 전율은 개의치 않았다.

아무리 이진택이 삼일물산 사장이더라도 현재로서 아쉬운 건 천종산삼을 더 사고 싶은 쪽이었다.

이미 이진택은 전율이 은밀하게 명함을 요구하는 순간 그 속내를 파악하고 있었다.

그래서 이제나저제나 연락이 오기만을 기다리던 중이었다.

전율은 그런 이진택의 마음을 꿰뚫고 있었다.

뚜르르르르.

몇 번의 기계음이 울리고 스마트폰 너머로 꽉 잠긴 중년 남성의 음성이 들려왔다.

―여보세요.

"이진택 사장님 되십니까?"

—그렇습니다만.

이진택은 잠에서 깨 조금 짜증이 났다.

자신의 주변에 있는 이들은 그가 밤잠을 얼마나 중요시하는지 잘 알고 있었다.

몸을 아끼는 만큼 생체 리듬이 깨지는 것을 극도로 싫어하는 그였다.

한데 이런 무례를 저지르다니, 전화를 한 인간의 얼굴이 보고 싶어지는 이진택이었다.

—저, 전율입니다. 사장님께 천종삼을 팔았던.

순간 이진택의 정신이 번쩍 들었다.

짜증은 모두 사라지고 반가움만 가득했다.

전보다 더, 전화를 한 전율의 얼굴이 보고 싶어졌다.

"아아! 그래, 그래! 기억하고 있네. 아주 잘생겼던 청년이지! 하하하하!"

—그렇게 기억해 주시니 감사합니다.

"그래, 어쩐 일로 전화를 했나?"

—저한테 아직 천종삼 17뿌리가 더 남아있습니다.

"뭐? 17뿌리?"

—네. 사실 지금 이것들도 처분하려면 당장 처분할 수 있지만, 사장님께서 간절하게 원하시는 것 같아 연락드렸습니다.

"그렇지! 아주 생각 잘한 거야."

이진택이 몹시 흥분해서 격앙된 음성으로 소리쳤다.

반면, 전율은 여전히 차분한 어조로 말했다.

"몇 뿌리나 필요하십니까?"

—내가 어중간한 건 싫어하는 성격이라 모 아니면 도라네. 전부 다 사지.

"다 말입니까? 좋습니다. 하지만 작은 문제가 있습니다."

—말해보게.

"제가 조금 전에 말씀드렸죠? 천종삼 17뿌리 모두 당장 처분할 수 있다고."

—그랬지.

"사실 하나같이 이미 예약이 걸린 물건들입니다. 하지만 전 장사꾼입니다. 이문을 조금이라도 더 남겨먹을 수 있다면 위약금을 주더라도 그렇게 하는 게 좋겠죠."

—다행스럽게도 내게는 그 위약금을 대신 내줄 수 있을 능력이 있지.

이진택 사장은 천종산삼을 17뿌리나 구할 수 있다는 생각에 몸이 잔뜩 달아올라 있었다.

그에게 1, 2억은 돈도 아니었다.

천종산삼을 위해서라면 그 정도 돈이야 얼마든지 뿌릴 수 있었다.

―그래, 얼마를 지불하면 되겠나?

이진택 사장은 천종산삼을 가장 비싸게 샀던 사람이다.

그는 한 뿌리에 무려 450만 원을 지불했다.

황 씨가 이진택 사장의 성정을 잘 알고 있었기에 처음부터 높은 가격을 제시했던 것이다.

아무튼 일단 뿌리당 450만 원을 받는 건 정해졌다.

중요한 건 위약금으로 얼마를 더 빼먹냐 하는 것이다.

전율은 어느 정도가 적당할까 짧게 고민하다가 말했다.

"예약자들은 천종산삼 예치금으로 제게 100만 원씩을 입금했습니다. 만나서 물건이 확인되면 나머지 금액을 현금으로 지급한다는 약속이었죠. 하지만 이를 판매자가 일방적으로 어길 시, 예치금의 2배를 위약금으로 물어야 합니다."

―그러니까 위약금은 두당 200이다?

"그렇습니다."

전율은 거침없이 대답했다.

능청스럽게 거짓말을 잘하는 게 거의 배우 급이었다.

하지만 그렇기 때문에 이진택에게 전율의 거짓말이 먹혔다.

―하하하! 호탕해서 좋구만! 그래, 사나이는 믿음으로 거래를 하든, 사기를 처먹든 망설이지 말고 화끈하게 나가야지!

만약, 전율이 여기서 어물쩡거렸다면 이진택 사장은 그의 조건을 전부 받아들이진 않았을 것이다.

―천종산삼 한 뿌리에 450만 원이니 17뿌리면 7,650만 원. 위약금이 두당 200만 원씩 17명이면 3,400만 원. 두 개를 더 하면 총 1억 1,050만 원. 당장 자네 계좌로 반 쏴주겠네. 문자 하나 넣어봐.

이진택이 거침없이 말했다.

"알겠습니다. 물건은 내일 직접 가져다 드리겠습니다."

삼일물산은 건물은 청량리에 있었다.

춘천에서 청량리까지는 무궁화호로 2시간가량이 걸린다.

3년 뒤엔 경춘선 전용 기차 ITX청춘호가 개통되어 서울 춘 천 간 거리를 한 시간 이동권으로 줄여 버린다.

하지만 지금은 아쉬운 대로 무궁화호를 이용해야 했다.

―일찍 도착하면 좋겠군.

"새벽 첫 기차로 출발하겠습니다."

―기다리겠네.

통화를 끝내자마자 전율은 자신의 통장 계좌번호를 문자로 보냈다.

문자가 전송된 지 채 5분이 지나지 않아, 5,025만 원이 입금 되었다는 되돌아왔다.

"역시 내가 사람을 제대로 잡았어."

이거야말로 대박 중에 대박이었다.

만약 천종산삼을 다른 이에게 팔았다면 뿌리당 겨우 350 정도밖에 받지 못했을 것이다.

한데 이진택에게는 그보다 백만 원을 더 높인 가격에 파는 것도 부족해서 있지도 않은 위약금 명목으로 3,400만 원을 더 받았다.

총, 5,100만 원의 이익을 더 본 것이다.

전율의 입이 귀에 걸렸다.

일을 대충 마무리 짓고 나니 자정이 훌쩍 넘어 있었다.

몇 시간 후면 새벽 첫 기차가 출발한다.

전율은 조금이라도 눈을 붙일 생각으로 이불에 누워 스마트폰으로 알람을 맞췄다.

그런데, 스마트폰에 뜬 날짜를 확인하는 순간 전율의 몸이 돌처럼 굳어버렸다.

"2009년 3월… 24일."

어찌 이날을 잊을 수 있을까?

전율의 인생에 가장 후회되는 날이 바로 이날이다.

오늘은… 소율이가 연쇄살인범에게 살해를 당했던 날이다.

환생을 하고 난 뒤, 정신없이 살다 보니 벌써 일주일이 훌쩍 지나가 있었다.

전율의 가슴이 미친 듯이 뛰었다.

그날의 안타까움과 슬픔과 비통함과 분노가 모두 뒤섞여 터질 것처럼 들끓었다.

저도 모르게 주먹을 으스러져라 쥐었다.

손톱이 손바닥을 파고들어 피가 주르륵 흘러내렸다.

'절대로… 절대로 소율이를 살린다. 그리고 그놈… 연쇄살인범 장두식은 내 손으로 잡는다.'

전율은 치밀어 오르는 감정의 홍수를 최대한 억눌렀다.

감정에 휩쓸려서는 아무것도 되지 않는다.

최대한 머리를 식히고서 앞으로 해결해야 할 일을 정리해 보기로 했다.

그런데 그때였다.

화아악!

갑자기 전율의 눈앞에서 환한 빛이 일었다.

'이, 이건……!'

두 번째 마스터 콜이었다.

Chapter 8.
두 번째 마스터 콜

빛이 사라졌다.

전율은 한번 와본 적 있던 석실의 중앙에 서 있었다.

[두 번째 마스터 콜을 받으신 걸 환영합니다.]

던전의 안내자 페이의 음성이 들려왔다.

페이의 말투는 예나 지금이나 시크하기 그지없었다.

[벽에 적힌 퀘스트를 확인하세요.]

전율은 페이가 시키는 대로 사방의 벽면을 살폈다.

퀘스트는 후방의 벽에 적혀 있었다.

타입 : 던전

이름 : 보물의 던전(지하 19층)

목표 : 미믹의 섬멸

제한 시간 : 없음

보너스 : 죽음에서 한 번 부활할 수 있음

성공 조건 : 미믹의 섬멸

실패 조건 : 두 번의 죽음

성공 시 보너스 : 300링

실패 시 페널티 : 모험가의 자격 박탈

"미믹? 그게 뭐지?"

전율이 물었지만 페이는 그것에 대해 대답하지 않았다.

[던전의 입구를 개방합니다.]

드드드드득!

미세한 진동과 함께 퀘스트가 적혀 있던 벽면이 위로 올라

갔다. 그 너머로 던전의 초입이 나타났다.

[보물의 던전은 외길입니다. 모든 미믹을 섬멸하십시오.]

"어쨌든 기본 규칙은 시작의 던전과 똑같다 이거군. 그렇담 어려울 게 없지."

짝짝!

전율이 자신의 뺨을 세게 때렸다.

소율이 걱정을 하던 와중 갑자기 끌려오게 된 터라 정신이 없었기에, 어떻게든 집중을 하기 위해서였다.

어차피 마스터 콜로 다른 차원에 소환된 상태에서는 지구에서의 시간이 멈춘다.

이곳에 있는 동안엔 오로지 던전을 클리어할 생각만 하면 된다.

전율이 석실을 나섰다. 동시에 서늘한 냉기가 전신을 감쌌다. 족히 영하 2도는 되는 기온인 데다, 전율이 여름옷을 걸치고 있었지만 그다지 춥진 않았다.

오러가 커지며 육신이 견딜 수 있는 더위와 추위의 내성이 강해졌기 때문이다.

전율은 구불거리며 뻗은 통로를 걸으며 미믹을 찾았다.

그런데 저 앞에 몬스터가 아닌 보물 상자 하나가 떡하니 놓여 있는 게 보였다.

보물 상자의 재질은 나무였다.

6인용 밥통만 한 크기에 직육면체의 몸통, 아치형 뚜껑이 달려 있었다. 게다가 테두리는 금박으로 둘러싸여 있는 것이 제법 고급스러워 보였다.

그래서 돌무더기만 가득한 던전 내부와는 조금 이질적인 느낌이 들었다.

어찌 되었든 전율의 입장에서는 상관없었다.

나오라는 몬스터는 나오지 않고 보물 상자를 발견하게 되었으니 오히려 횡재한 기분이었다.

"그러고 보니 이 던전, 보물의 던전이라고 했었나?"

그래서 이런 보물 상자가 뜬금없이 튀어나오는가 보다 하고 전율은 생각했다.

보물 상자에 다가간 전율이 뚜껑을 열었다.

아무런 잠금장치도 되어 있지 않은 보물 상자는 쉽게 열렸고, 그 안에서 환한 빛 무리들이 마구 솟구쳐 올라와 전율의 몸속으로 스며들었다.

그러자 전율의 오른 손등 위에 50이라는 숫자가 나타났다. 그건 전율이 소지한 링의 개수를 뜻했다.

"보물 상자를 열자마자 순식간에 링 50개가 생겼어."

보물 상자에 담긴 건 링이었다.

몬스터를 죽이지도 않고 대번에 50링을 얻게 된 전율은 기분이 좋아졌다.

전율의 걸음이 전보다 빨라졌다.

그의 시선은 이제 몬스터보다는 보물 상자를 더 찾고 있었다.

얼마 안 가 또다시 보물 상자를 발견했다.

그런데 이번에는 한 개가 아니었다.

무려 네 개가 한데 모여 있었다.

"이게 웬 떡이냐."

전율은 소풍 가서 보물찾기를 하는 어린아이처럼 들떴다.

가장 가까이 있는 보물 상자로 다가가 급하게 뚜껑을 열려 했다.

그런데 그때!

콰직!

"어……?"

보물 상자의 뚜껑이 저절로 열리더니 전율의 팔을 콱 물었다.

놀랍게도 보물 상자의 뚜껑엔 아래위로 날카로운 이빨이 가득 나 있었다.

그것은 뚜껑이라기보다는 입에 가까웠다.

아울러 전율의 팔을 깨문 입속에서 한 쌍의 붉은 안광이 쏘아지고 있었다.

"뭐야 이거!"

전율이 보물 상자로 착각했던 그 녀석이 바로 미믹이었다.

미믹은 보물 상자의 모습을 한 몬스터다.

그래서 사람들을 겉모습으로 현혹한 뒤, 다가오면 물어뜯어 죽여 버린다.

전율은 미믹의 뻔한 수법에 당하고 만 것이다.

물린 팔에서 엄청난 고통이 몰려왔다.

"크윽!"

전율이 다른 손으로 주먹을 말아 쥐고 오러 피스트를 사용하려 했다.

하지만 또 다른 미믹이 통통 뛰며 다가와 나머지 팔마저도 물었다.

"윽!"

완전히 방심하고 있다 당한 터라 전율은 당황하고 말았다.

콰드득! 콰득! 콰득!

"아악!"

두 마리의 미믹이 팔을 자근자근 씹어댔다.

전율의 살이 찢어지고 떨어져 나갔다.

붉은 피가 두 마리의 미믹의 입속으로 줄줄 흘러들어 갔다.

까득! 까드득!

미믹의 이빨은 속살을 파고 들어가 뼈까지 갉아댔다.

"크아아아악!"

전율은 아찔함을 느끼며 크게 비명을 질렀다.

어찌나 아픈지 스피릿이나 마나를 이용해 위기를 벗어나야 겠다는 생각은 미처 할 수도 없었다.

그때, 다른 미믹 두 마리가 다가와 전율의 목과 옆구리를 물었다.

콰직!

"큽!"

목에 구멍이 뚫린 것 같다고 느끼는 순간.

두두둑.

세상이 갑자기 옆으로 꺾였다.

'이런 젠장……'

그리고 전율의 의식이 끊어졌다.

*   *   *

[전율 님은 죽음을 맞이했습니다. 룰에 따라 죽음에서 한 번 부활합니다.]

페이의 음성을 듣자마자 전율은 눈을 떴다.

그는 마스터 콜로 불려왔던 석실에 누워 있었다.

"내가 죽었다고?"

[네. 한 번 더 죽게 되면 퀘스트에 실패하여 모험자의 자격을 박탈당합니다.]

모험자의 자격을 박탈당한다는 건 곧, 두 번 다시 마스터 콜로 불려 올 수 없다는 걸 뜻한다.

"그럴 순 없지."

마스터 콜은 전율에게 많은 것을 얻게 해주는 보물섬과 다름없다.

초백한을 얻은 것도, 천종산삼을 팔아 큰돈을 얻게 된 것도, 마스터 콜로 이곳에 불려 오지 않았다면 일어나지 않았을 일이다.

마스터 콜이 없었다면 여태껏 전율은 어디서 돈을 마련해야 할지 전전긍긍하고 있었을 것이다.

때문에 절대로 여기서 무너질 순 없었다.

전율이 심기일전하고 다시 던전으로 나섰다.

그가 손가락 관절을 꺾으며 이를 갈았다.

두득! 두드득!

"이 자식들, 아주 죽여주마."

비록 죽었다 살아나긴 했지만, 미믹들에게 물어뜯길 때의 고통은 장난이 아니었다.

당한 것은 반드시 배로 돌려줘야 분이 풀리는 전율이었다.

"아까는 몰라서 당했지만, 이번에는 안 속는다. 진짜 보물 상자도 있고, 보물 상자 모습을 한 괴물도 있다 이거지. 당연히 그놈들이 미믹일 테고!"

전의를 불태우며 전율은 자신이 죽었던 장소에 도착했다.

미믹들은 다시 전처럼 보물 상자인 척 입을 닫고 미동도 없이 가만히 있었다.

"까고 있네, 새끼들이."

전율의 몸에서 매서운 기운이 흘러나왔다.

위압이었다.

보물 상자로 위장하고 있던 미믹들은 위압에 노출되자마자 몸을 파르르르 떨었다.

"너희는 길들이지 않아. 전부 다 죽여 버린다."

전율의 눈에서 불똥이 튀었다.

그의 주먹에 오러가 스며들었다.

그런데 주먹에 맺힌 오러는 흰색이 아닌 노란색이었다.

"어?"

분노한 와중에도 살짝 놀란 전율이 자신의 주먹을 바라보았다.

"그렇군. 백년호의 내단을 먹어서 오러가 업그레이드된 건가?"

오러는 그 강함에 따라 각각 다른 색을 띤다.

백년호의 내단을 섭취하기 전, 전율의 오러는 하얀색이었으나 지금은 오러가 강해지며 노란색으로 바뀐 것이다.

그 말인즉, 오러 피스트의 위력 역시 강해졌다는 뜻이 된다.

전율이 입꼬리에 서늘한 미소를 머금었다.

*   *   *

전광석화처럼 튀어 나간 전율이 근처에 있던 미믹의 몸을 오러 피스트로 후려쳤다.

퍼걱!

미믹의 몸이 일격에 부서졌다. 하지만 거기서 끝이 아니었다. 몸속까지 파고든 주먹은 아예 반대편 살을 꿰뚫고 나왔다.

콰가각!

케헥.

미믹이 바람 빠지는 소리를 내며 죽었다.

그때 다른 미믹 하나가 위압의 공포를 이겨내고 전율의 등을 물어뜯으려 달려들었다.

이를 느낀 전율이 그대로 뒤돌며 오러 피스트를 휘둘렀다.

퍼걱!

케헤엑!

녀석도 몸을 관통당해 즉사했다.

나머지 두 마리의 미믹은 어느새 통통 튀며 도망을 치기 시작했다.

하지만 다리가 없는 놈들인지라 이동 속도가 원체 느렸다.

전율은 빠르게 달려 미믹을 앞질렀다.

퍼걱! 픽!

전율의 주먹이 나머지 두 놈마저도 저승으로 보냈다.

죽어버린 미믹 네 마리의 시신이 빛으로 화해 사라지고, 그 자리에 여덟 개의 링이 나타났다.

링은 스르르 사라져 전율의 영혼 속으로 귀속되었다.

오른 손등에 찍힌 숫자가 58로 바뀌었다.

"이 녀석들도 별거 아니야. 빠르게 정리해 버리자."

미믹들은 방심하지 않고 싸우면 손쉽게 정리할 수 있을 정도의 수준이었다.

전율은 계속해서 앞으로 나아갔다.

다시 보물 상자 하나가 나타났다.

미믹인지 진짜 보물 상자인지는 알 수 없었다.

전율을 냅다 달려가 보물 상자를 걷어찼다.

케헥!

입을 쩍 벌리며 바람 빠지는 소리를 내더니 펄쩍 뛰는 것이 미믹이었다.

대번에 오러 피스트가 미믹의 몸뚱이를 박살 냈다.

퍼걱!

미믹의 시체가 사라지며 2링이 전율에게 흡수되었다.

전율은 다시 걸음을 옮겼다.

이번에는 여섯 개의 보물 상자가 나타났다.

전부 미믹일 가능성이 높았다.

전율은 위압을 넓게 펼쳐 쏘아 보냈다.

여섯 개의 보물 상자 중 다섯 개가 파르르 몸을 떨었다.

하나는 진짜 보물 상자였다.

전율이 한 손을 앞으로 내밀며 시전어를 외쳤다.

"속박뢰!"

전율의 손에서 다섯 개의 속박뢰가 쏘아져 나갔다.

파지직! 파직!

미믹 다섯 마리가 속박뢰에 감전되어 움직임이 구속되었다.

그 틈을 타 전율의 주먹이 바람처럼 휘둘러졌다.

퍼퍼퍼퍼퍽!

다섯 마리의 미믹은 속절없이 당했다.

놈들의 시체가 사라지고 열 개의 링이 전율에게 귀속되었다.

전율은 보물 상자를 열었다.

환한 빛 무리가 전율의 몸 안으로 흡수되었고 손등의 숫자가 118로 바뀌었다.

"좋아. 계속 가자."

                    *   *   *

보물의 던전은 어렵지 않게 출구까지 도달할 수 있었다.

미믹을 해치우고 보물을 열어가면서 얻은 링은 420개였다.

이번에는 출구의 문 앞을 지키고 있는 보스 몬스터가 없었다.

[축하드립니다. 미믹을 전부 섬멸했습니다. 보물의 던전을 정복하셨습니다. 보상으로 300링을 드립니다.]

보너스 링까지 얻어 전율의 손등에 있는 숫자가 720으로 변했다.

[스토어로 향하는 문이 열립니다. 안녕히 가십시오.]

전율이 커다란 문에 다가서자 문이 저절로 드드득거리며 양쪽으로 열렸다.

문 너머에는 눈부신 빛이 가득 일렁였다.

전율이 그 빛 속으로 몸을 던졌다.

그러자 주변이 대리석으로 지어진 좁은 공간으로 단숨에 바뀌었다.

이번에도 스토어의 주인 아이딜이 전보다 넓은 좌판을 깔아놓고 전율을 반겼다.

"안녕하세요, 전율 님. 일주일 만이네요."

"오래간만이야."

아이딜은 전에 간호사복을 입고 있었다.

그런데 지금은 대한민국 고등학생들이 입는 교복 차림이었다.

아이딜은 일전에 전율에게 말하길 자신의 모습은 스토어를 찾는 모험가의 성적 취향에 맞게 바뀐다고 했다.

전율은 그러한 사실을 부정하고 싶었다.

'내가 고딩들한테 관심 같은 게 있을 리가!'

전율이 아무리 개처럼 살았어도 성인이 되고 난 이후에 여학생들을 건드린 적은 없었다.

물론 남학생들은 가끔씩 쥐어 패서 삥을 뜯긴 했다.

하지만 소율이가 눈에 밟혀서 그랬는지 교복을 입고 있는 여학생들에게 성적 호기심을 품거나 다른 못된 짓, 혹은 상상 같은 걸 해본 적은 절대 없었다.

전율의 당황스러움을 읽은 아이딜이 빙그레 미소 지었다.

"걱정 말아요. 전율 님은 여고딩이 좋은 게 아니라, 여자 성인이 교복 입은 모습을 좋아하는 거니까요."

"뭐?"

"그럴 수 있잖아요. 성인끼리 사귈 때 성적 취향이 맞으면 이런저런 옷으로 코스튬플레이를 해가며 뜨거운 밤을 보낸다거나?"

"……."

말문이 막혔다.

아이딜의 겉모습이나 목소리, 말투, 말버릇 같은 건 대한민국 최고의 아이돌 여가수 유리아와 똑같았지만, 입에서 튀어나오는 내용은 훨씬 도발적이었다.

전율은 아이딜에게서 시선을 떼 좌판에 놓인 물건들을 살폈다.

그게 차라리 속 편할 것 같았기 때문이다.

좌판이 저번보다 넓어졌기에 그만큼 보지 못한 물건들도 늘어나 있었다.

이번에도 가격 대비 그렇게 신통치 않은 물건이 대부분이었다.

하지만 저번처럼 분명 전율이 처한 상황에서 유용하게 쓰일 물건이 있을 거라는 기대감에 하나하나 신중하게 들여다봤다.

그러던 와중, 엄지만 한 붉은색의 물건 하나가 눈에 확 들어왔다.

—마나 하트의 조각 [500링] : 복용하면 10퍼센트의 확률로 잠재되어 있던 이능력을 각성한다. 90퍼센트는 죽음에 이른다. 이능력자가 복용할 경우, 능력이 소폭 업그레이드된다.

마나 하트의 조각!

그거야말로 지금 전율에게 가장 필요한 것이었다.

하지만 한 가지 정확하게 짚고 넘어가야 할 게 있었다.

'능력이 소폭 업그레이드된다는 게 대체 어느 정도를 말하는 거야?'

현재 전율은 자신의 능력이 어느 정도나 되는 건지 정확한 수치로 가늠하기 힘들었다.

그저 마나, 오러, 스피릿의 세 가지 능력 모두 그 힘이 미미하다는 것만 알고 있을 뿐이었다.

500링이면 결코 작은 액수가 아니다.

한데 500링으로 마나 하트의 조각을 사서 복용했다가 정말

개미 오줌만큼 힘이 강해진다면 씁쓸한 일이 아닐 수 없다.

'백년호의 내단만큼 힘을 증가시켜 준다면 살 만하긴 한데.'

백년호의 내단은 전율이 확 체감할 수 있을 만큼 그 힘이 거대했다.

전율이 이걸 사야 하나 말아야 하나 고민하고 있을 때 마더의 음성이 들려왔다.

[이해를 돕기 위해 전율 님의 능력치를 수치화시켰습니다. 수치의 기준은 엠페러 마스터들의 살아생전 최대 능력치를 참고했습니다. 그들의 힘을 극의로 가정했을 때, 현재 전율 님의 오러는 랭크 2, 성장도는 23퍼센트이며 노란색을 띱니다. 성장도가 100퍼센트에 다다를 시 랭크 3으로 업그레이드됩니다. 랭크 2에서 사용할 수 있는 기술은 오러 피스트와 오러 애로우입니다. 최종 랭크는 시저의 능력치를 기준으로 했을 때 5랭크이며, 오러는 보라색을 띱니다.]

'내 능력을 수치화시킨다? 이거 편하군. 진작 그럴 것이지.'

전율이 고개를 주억거리며 계속해서 마더의 말을 경청했다.

[마나는 랭크 1, 성장도는 15퍼센트이며 사용할 수 있는 기술은 뇌섬과 속박뢰입니다. 마지막으로 스피릿은 랭크 1, 성장

도는 32퍼센트이며 사용할 수 있는 기술은 위압, 호의, 지배입니다. 아울러 스피릿의 경우 다른 힘들과 달리 사용할수록 성장도가 높아지고 있음을 확인하게 되었습니다. 참고로 마나의 성장도는 전율 님께서 유지연의 힘을 전승받으며 처음부터 가지고 있던 수치입니다.]

마더의 설명을 듣고 난 전율이 속으로 말했다.

'매번 너한테 묻기가 좀 불편한데 간편하게 확인할 수 있는 방법이 없을까?'

전율의 물음에 마더는 잠시 동안 침묵했다.

아이딜은 전율이 한참 동안 아무 말 없이 마나 하트만 바라보고 있는 걸 살까 말까 고민하고 있는 중이라 생각했다.

마더는 곧 전율에게 명쾌한 해결책을 만들어주었다.

[전율 님의 능력치를 작은 창의 형태로 만들었습니다.]

마더의 말과 동시에 전율의 앞에 아래로 기다란 직사각형의 투명한 창 하나가 떠올랐다.

창 안에는 전율의 능력치가 활자로 정리되어 적혀 있었다.

전율이 그것을 읽어보았다.

<〈전율 님의 능력치〉

[오러]
랭크 : 2
성장도 : 23%
색 : 노란색
사용 가능 기술 : 오러 피스트(Aura Fist), 오러 애로우
(Aura Arrow)

[마나]
랭크 : 1
성장도 : 15%
사용 가능 기술 : 뇌섬(雷殲), 속박뢰(束縛雷)

[스피릿]
랭크 : 1
성장도 : 32%
사용 가능 기술 : 위압(危壓), 호의(好意), 지배(支配)

'이거 편리하군.'

[앞으로 능력치를 확인하고 싶을 땐 언제든지 이 상태창을 통해 확인이 가능합니다. 상태창은 전율 님의 의지에 따라 나타나기도 하고 사라지기도 합니다.]

전율은 상태창을 한 번 더 훑어본 뒤, 이제 그만 봐도 된다는 생각을 했다.

그러자 상태창이 거짓말처럼 사라졌다.

자기 수족 부리듯 원할 땐 언제든지 상태창을 열었다 닫았다 할 수 있다는 게 참 편리했다.

'고마워, 마더.'

이제 전율에게는 500링짜리 마나 하트가 과연 얼마나 큰 힘을 가지고 있는지 가늠할 척도가 생겼다.

방법은 간단하다.

마나 하트를 복용한 뒤, 오러, 마나, 스피릿, 세 개 중 하나의 기운으로 치환시켜 갈무리한다. 그리고 상태창을 열어 치환시켜 흡수한 기운의 성장도 퍼센티지를 확인하면 되는 것이다.

만약 퍼센티지가 20퍼센트 정도만 늘어나 준다고 해도 충분히 살 가치가 있었다.

꼭 랭크가 올라야 강해지는 건 아니기 때문이다.

성장도만 대폭 올라도 그만큼 힘이 강해진다.

'큰 맘 먹고 질러?'

전율은 상태창이 생겼음에도 여전히 망설이고 있었다.

500링이라는 가격이 아무리 생각해도 만만치 않았기 때문이었다.

그때 전율의 얼굴 앞에 아이딜의 얼굴이 불쑥 다가왔다.

"많이 고민되시나 봐요?"

코가 닿을 듯 가까이서 본 아이딜의 얼굴은 전율의 심장을 쿵! 떨어지게 만들었다.

눈, 코, 입 전부 오목조목 예쁘게 생긴 데다가 새하얀 피부엔 잡티 하나 보이지 않았다.

그런 아이딜이 반달눈을 하고 눈웃음까지 지어대니 어찌 가슴이 뛰지 않겠는가.

"위험하다, 아이딜."

"네? 뭐가요?"

"좁은 공간에 남녀 둘이 있는데, 그런 복장으로 너무 들이댄다, 너."

아이딜이 입은 교복은 일반적인 여고생들의 교복과 조금 달랐다.

상하의는 몸의 굴곡이 그대로 드러날 만큼 딱 달라붙는 사이즈였고, 치마는 팬티가 보일 듯 말 듯 짧았다.

쫙 빠진 다리엔 허벅지까지 올라오는 스타킹을 신었는데,

그 위로 가터벨트가 연결되어 있었다.

"왜요? 동해요? 그럼 하고 싶은 대로 해도 돼요."

"뭐?"

"대신 500링이에요."

지금 아이딜은 몸을 팔겠다는 얘기를 하고 있었다.

전율은 그게 짓궂은 농담이라고 생각했다. 하지만 아니었다.

"우리가 왜 모험가들의 성적 취향에 맞는 모습으로 변한다고 생각하세요?"

"······."

"레드싱. 우리 종족을 우주에서는 그렇게 불러요. 레드싱들은 전부 자신이 한 번 본 사물의 모습으로 변할 수 있어요. 그리고 레드싱들 중 특정 몇몇은 상대방의 기억을 읽는 능력을 가지고 태어나요. 그래서 저처럼 한 번도 본 적 없는 유리아를 전율 님의 기억에서 읽고 변하는 게 가능해지는 거랍니다."

아이딜의 말을 들으며 전율은 생각해 냈다.

전생에서 지구를 침략했던 열 번째 외계 종족들이 여러 모습으로 변했었던 것을.

놈들은 지금껏 지구를 침략한 다른 외계 종족의 모습으로도, 그리고 지구를 지키던 이능력자의 모습으로도 변했었다.

단순히 모습만 비슷한 게 아니라, 그들이 사용하는 능력도 오십 퍼센트 이상 구현해 냈다.

"너희들… 다른 행성을 침략하고 다니는 종족들이냐."

"레드싱은 지금 두 부류로 나뉘어 있어요. 저처럼 성실히 돈을 벌려는 이들과, 데모니아의 밑으로 들어가 우주 해적질을 일삼는 녀석들."

데모니아는 마스터 콜을 만든 레모니아의 언니다.

한마디로 지금 이건 우주적으로 어마어마한 힘을 가진 못된 언니와 그 언니를 막으려는 동생의 싸움이다.

그리고 그 싸움에 여러 우주 종족들이 말려든 것이다.

"그래서 저는 물건도 팔고 몸도 팔아요. 레드싱 종족에게 몸이라는 건 크게 의미 없거든요."

원하면 언제든지 다른 모습으로 변할 수 있는 종족이다.

여성, 남성 같은 것도 없고 자신의 육신에 대한 애정도도 적었다.

그보다는 정신의 가치를 높이 사는 것이 레드싱들이었다. 해서, 몸을 파는 게 그들에게는 수치스러운 일이 아니었다.

"여기서는 시간당 보수를 받고 있어요. 제법 짭짤해요. 거기에 몸을 팔고 버는 돈은 보너스예요. 전부 제 몫이죠. 생각 있으세요?"

아이딜이 빙긋 웃으며 치마를 잡고 살짝 들어 올렸다.

치마 밑으로 검은색 팬티가 살짝 드러났다.

전율이 고개를 절레절레 저으며 아이딜의 양손을 잡아 치마에서 뗐다.

"너희 종족이 육신을 얼마나 우습게 여기는지 모르겠지만, 어쨌든 그것도 네 것이야. 함부로 굴리지 말고 소중히 생각해. 일 푼 가치 없다고 생각했던 것들도, 정작 잃어버리고 나서는 큰 아픔으로 다가오는 경우가 있으니까."

말을 하며 전율은 자신의 가족을 떠올렸다.

철이 없던 그에겐 쫄딱 망해서 빚더미에 앉은 가족 따위 필요 없었다.

하지만 외계 종족의 침략으로 모두가 죽어버린 다음엔 늘 후회 속에 하루를 보내야 했다.

전율의 얼굴에 지독한 고독이 내려앉았다.

아이딜이 그런 전율의 얼굴을 살짝 쓰다듬었다.

"당신은 참 가여운 사람이네요. 너무 많은 걸 짊어지고 있는 것 같아 보여요."

"뭐……?"

전율이 되묻는 순간 아이딜의 입술이 그의 입술을 포근하게 감쌌다.

쪽.

순식간에 일어난 일에 전율은 그저 멍하니 서 있을 따름이었다.

"이건 서비스. 싫진 않았죠? 그죠?"

전율은 대답하지 않았다. 아니, 대답할 수 없었다.

그러자 아이딜이 싱긋 눈웃음치며 물었다.

"제가 맞혔나요?"

또 나왔다.

톱아이돌 유리아의 말버릇.

전율은 지구인도 아닌 외계의 존재에게 휘둘리는 것 같은 기분이 들었다.

'그냥 필요한 것만 빨리 사서 나가야겠군.'

살짝 붕 뜨는 마음을 애써 정리한 전율이 마나 하트의 조각을 집었다.

"이걸 사겠어."

아이딜이 고개를 살짝 꺾으며 손뼉을 짝! 쳤다.

"정말 잘 선택하셨어요! 역시 전율 님은 보는 눈이 있으시네요. 500링 감사히 받을게요."

아이딜은 감정의 전환이 무척 빨랐다.

그것도 겉모습처럼 꾸며진 것이 아닌가 하는 의심이 드는 전율이었다.

너무 순식간에 감정이 변하니 전율은 적응하기 어려웠다.

때문에 더더욱 좌판 위의 물건들에만 집중하려 애썼다.

이제 전율에게 남은 건 220링이었다.

그것으로 살 만한 것이 더 있나 살펴봤다.

하지만 아무리 들여다봐도 죄다 전율에겐 필요치 않은 것 뿐이었다.

한데 그중에 재미있는 책이 하나 보였다.

─절대미각서 [1,000링] : 책을 정독하면 절대미각을 얻을 수 있다. 글자는 전 우주의 다양한 언어로 자동 해석된다.

"절대미각서? 이런 것도 파는군."

전율의 혼잣말에 아이딜이 맞장구쳤다.

"그럼요~ 이래 봬도 전 우주의 모든 물건을 다 파는 상점인 걸요?"

"하지만 너무 난잡한 거 아닌가 싶어. 종류도 제각각, 효능도 제각각인 물건들을 아무런 분류도 없이 이렇게 섞어놓았으니."

"죄송해요. 하지만 그건 어쩔 수 없어요. 전율 님께서 아직 19층까지밖에 클리어하지 못하셨으니 규모가 작아 그런 거예요. 나중에는 백화점처럼 넓은 스토어를 보게 되실걸요?"

"백화점?"

"네. 그곳에 가면 전 우주의 모든 물건들이 각 종류별로 잘 정리되어 있답니다. 기대해도 좋아요. 헤헷."

그렇게 말하며 아이처럼 웃는 아이딜의 얼굴은 상당히 귀여웠다.

"그럼 가보지."

"전율 님, 가시기 전에 질문 하나 드려도 될까요?"

"뭐지?"

아이딜이 제자리에서 한 바퀴를 빙글 돌았다.

그녀가 입은 교복 치마가 크게 펄럭이더니 섹시한 허벅지를 드러내 놓고서 다시 내려앉았다.

"지금 제 모습은 얼마나 좋아요?"

저번에도 아이딜은 똑같은 질문은 건넸었다.

"나쁘지 않아."

전율도 그때와 같은 대답을 건넸다.

"헷. 다음번엔 전율 님이 더 좋아하시는 복장으로 맞이해 드릴게요."

"알아서 하도록 해. 귀환."

말은 그렇게 했으나 은근히 기대되는 전율이었다.

Chapter 9.
소율이를 구하다

전율은 현실로 돌아왔다.

그는 이불 위에 누워 핸드폰의 날짜를 보고 있었다.

2009년 3월 24일.

소율이가 살해당하는 날의 새벽은 어김없이 그대로였다.

마스터 콜이 터지기 전 자정을 훌쩍 넘긴 시간 역시 그대로
였다.

"일단은 자자."

전율은 오늘은 해야 할 일이 많았다.

천종산삼 건도 해결해야 하고, 소율이도 지켜야 했다.

소율이가 살해당했던 건 늦은 밤 하굣길, 집 근처 어두운 골목이었다.

천종산삼 건을 빨리 해결하고 춘천에 돌아오면 점심나절이 될 것이다.

전율은 그때부터 소율이의 학교 앞으로 가서 동생을 기다릴 생각이었다.

너무 일찍부터 부산 떠는 것처럼 보일 수도 있다.

그러나 친동생의 목숨이 걸린 일이다.

전율에겐 그것조차도 아쉬웠다.

아침부터 밤늦게까지 소율이 곁에 붙어 있고 싶었다.

하지만 그럴 수는 없었다.

생각을 정리한 전율이 다섯 시에 알람을 맞춘 뒤 눈을 감았다.

*　　　　*　　　　*

"하하하! 정말 아름다운 자태군."

이진택은 전율이 내민 천종산삼 17뿌리를 보며 크게 웃었다.

한참 동안 천종산삼을 감상하던 이진택이 아차 하며 물었다.

"일찍 출발하느라 아침도 걸렀겠구만. 이 앞에 제법 괜찮은 한정식집이 있는데 같이 가겠나?"

"사장님은 끼니를 챙기시지 않았습니까?"

"챙겼지. 같이 가서 말동무라도 되어주겠네."

"괜찮습니다."

"부담스러우면 내 앞으로 달아놓으라고 전화 한 통 넣을 테니 혼자라도 가서 먹게. 자고로 끼니는 거르지 말아야 하는 법이야."

"감사합니다만 정말로 배가 고프지 않아서 그럽니다."

"그런가?"

"네."

이진택은 흠~ 하는 콧소리를 내며 고개를 살짝 저었다.

"젊을 때는 모르지만 그때 몸 관리 못한 게 늙어서 한 번에 찾아오는 법이야. 내가 왜 그렇게 건강을 챙기는지 아는가? 오 년 전에 위암 판정을 받았었거든. 다행히 수술이 잘 끝났고, 관리도 잘해서 지금은 완쾌되었지만 여전히 방심할 수가 없네."

"무슨 말씀인지 잘 알겠습니다."

"말로만 그러지 말고 건강관리 잘하게. 젊은 날이 계속되지는 않아."

이진택은 빈말이 아닌 진심을 담아 말을 하고 있었다.

전율도 그걸 느꼈기에 그의 얘기가 잔소리처럼 들리지 않았다.

"아무튼 이걸 다 나한테 넘겨줘서 고맙네. 잔금 제대로 확인했나?"

"네. 통장에 들어온 액수, 문자로 확인했습니다."

"자, 그럼 거래가 깔끔하게 끝났으니 그만 가보게. 아, 혹여라도 다음에 또 천종산삼을 발견한다면 꼭 나한테 팔아야 하네."

"17뿌리로 모자라십니까?"

"이 사람아, 설마 17뿌리를 전부 나 혼자 자실 거라 생각한 건가? 내가 건강을 끔찍이 생각하는 건 맞지만 과한 건 모자란 것보다 못하다는 신념 역시 안고 산다네. 이 중에 몇 뿌리만 내가 먹고 나머지는 가족이랑 친지들에게 돌릴 거라네."

전율이 수긍하며 고개를 끄덕였다.

"알겠습니다. 앞으로도 잘 부탁드리겠습니다."

"나야말로 잘 부탁하네."

전율은 이진택에게 인사를 건네고 삼일물산을 나왔다.

*　　　　*　　　　*

춘천으로 돌아오니 예상했던 대로 늦은 점심쯤 되어 있었다.

하루 종일 아무것도 먹지 않았다는 걸 알아차리자 그제야 조금 허기가 돌았다.

"뭘 좀 먹어야겠어."

전율은 통장에 1억이 넘는 큰돈이 들어왔는데도 사치를 부리지 않고 김밥 두 줄로 배를 채웠다.

그리고 바로 소율이가 다니는 진광고등학교로 향했다.

너무 학교 정문에서 어슬렁거리고 있으면 괜히 이상한 사람으로 보일 수도 있었다.

때문에 전율은 학교 앞 문방구에서 백 원짜리 뽑기 기계를 돌려가며 시간을 때웠다.

전율의 옆에는 기계에서 뽑은 장난감이 수북하게 쌓여갔다.

그때 문방구 안에서 떡볶이를 먹고 나오던 초등학생 두 명이 전율과 눈이 마주쳤다.

초등학생들은 전율과 옆에 쌓인 장난감들을 번갈아 보고서는 후다닥 달려가며 귓속말을 주고받았다.

"이상한 형이다. 그치?"

"그러게. 다 커서 뽑기를 겁나 많이 하고 있네."

"우린 커서 저러지 말자."

"그러자."

귓속말치고는 목소리가 제법 커서 전율의 귀에 대화 내용이 고스란히 들어갔다.

"젠장."

학교 앞에서 서성이는 것보다 뽑기를 하고 있는 게 더 이상해 보일 거라는 생각은 왜 못 했을까.

*   *   *

전율은 마치 문방구에서 할 수 있는 것들은 모두 다 해보기로 마음먹은 사람 같았다.

백 원짜리 뽑기 기계 하나를 거의 거덜 낸 다음, 허기가 진 것도 아닌데 컵떡볶이를 다섯 번이나 먹어치웠다.

기계가 아닌 종이로 하는 사행성 뽑기도 해봤다.

먼지가 수북이 쌓인 싸구려 프라모델을 사서 조립도 했다.

불량 식품들을 종류별로 사서 신중하게 맛도 보았다.

그렇게 잉여의 끝판왕 같은 행동만 골라서 했다.

사실 처음엔 시간을 때우기 위해서 그랬던 거지만, 갈수록 추억에 빠져들었다.

어렸을 적엔 이런 소소한 것들에 큰 재미를 느꼈었다.

하지만 몸이 커지면서 가치관의 크기도 덩달아 커졌고, 더는 이런 것에 재미를 느끼지 못했다.

그러나 지금은 이런 추억 하나하나가 돈으로 바꿀 수 없을 만큼 소중한 것이라는 걸 안다.

모든 것을 잃어본 전율이기에 더더욱 그랬다.

전율은 자신이 조립한 프라모델과 뽑기 구슬들을 모두 문방구에 들르는 초등학생들에게 나누어 줬다.

진광고등학교와 멀리 떨어지지 않은 곳엔 초등학교도 있었기에 심심찮게 어린아이들이 드나들었기 때문이다.

추억에 정신이 팔려 있다 보니 시간은 금세 흘렀다.

어느덧 사위에 어둠이 내렸다.

여전히 전율은 문방구를 떠나지 않았다.

슬슬 문방구 주인이 전율을 측은하게 바라볼 때쯤, 드디어 소율이가 모습을 드러냈다.

교문을 나서는 소율이를 피해 전율은 몸을 숨겼다.

마음 같아서는 소율이의 옆에 딱 달라붙어서 호위하고 싶었다.

그러나 전율의 목적은 단순히 소율이의 죽음을 막는 게 아니었다.

소율이를 죽였던 연쇄살인범을 잡는 것이었다.

소율이는 버스 정류장으로 가서 버스를 탔다.

전율은 택시를 타고서 버스를 따라가 달라 말했다.

택시는 버스가 정류장에 멈춰 서면 덩달아 멈춰 서며 열심히 뒤를 따라붙었다.

누가 보면 택시 기사가 되어가지고 참 운전 못한다고 생각할 것이다.

버스는 전율의 집 근처 버스 정류장에 멈춰 섰다.

버스에서 소율이가 내렸고, 전율도 택시에서 내렸다.

전율은 인기척을 최대한 죽인 채 멀리 떨어져서 소율이의 뒤를 미행했다.

그러고 있자니 꼭 자신이 범인이 된 것 같은 기분이 드는 전율이었다.

소율은 횡단보도를 건너서 집으로 이어지는 어두운 골목에 들어섰다.

'저기다.'

저 골목 안에서 소율이는 죽임을 당했었다.

전율이 소율이의 뒤를 더 가까이 따라붙으려 하다가 전봇대 뒤로 몸을 숨겼다.

이 밤중에 모자를 푹 눌러쓰고 마스크로 얼굴을 가린 웬 남자가 골목 안으로 들어가는 게 아닌가.

'저 녀석……'

그놈이 연쇄살인마 장두식일 가능성이 높았다.

전생에서 경찰은 장두식의 범행 방법을 설명하며 계획적이기보단 즉흥적이고 돌발적인 성향이 강하다고 했었다.

분명 그놈은 전부터 소율이를 노렸던 게 아니라 지금 어두운 골목으로 들어가는 걸 우연히 보고 따라붙은 것이 분명했다.

전율이 장두식으로 추정되는 인물의 뒤를 밟았다.

녀석은 소율이와 적당한 거리를 두고 걸으며 주머니에 손을 깊이 찔러 넣었다.

녀석의 걸음이 점점 빨라졌다.

그리고 주머니에 넣었던 손을 꺼냈는데, 스위치 블레이드가 들려 있었다.

전생에 경찰은 소율이의 사인을 설명하며 목뒤에 작은 칼로 자상을 입은 것이 치명적이었다고 말했다.

이젠 더 볼 것도 없었다.

그가 연쇄살인마 장두식이 맞았다.

전율이 전광석화처럼 몸을 날려, 장두식의 등을 어깨로 들이받았다.

퍽!

그 소리에 놀란 소율이 뒤를 돌아봤다.

골목길은 너무 어두웠고 빛 한 점 비치지 않았다.

그나마 달랑 하나 세워진 가로등도 사흘 전부터 전구가 나가 있었다.

그런 어둠 속에 두 명의 사내가 뒤엉켜 싸우는 것 같은 광경이 보였다.

소율은 이게 무슨 상황인지 모르겠으나 일단 도망치는 게 상책이라 생각했다.

소율이 아무리 용감하다 하더라도 상황은 봐가면서 나선다.

지금은 자신이 나선다고 해서 문제가 해결될 일이 아니었다.

게다가 자기 인생도 힘들어 죽겠는데 남들의 인생에 관여했다가 봉변당하기도 싫었다.

"여보세요? 경찰서죠? 여기 사우동 인형극장 사거리에서 닭갈비 건물 뒤편에 나 있는 골목인데요! 남자 둘이서 육탄전을 벌이고 있어요!"

집으로 들어가는 소율은 바로 경찰에 신고를 했다.

전율은 그걸 들었다.

빨리 이 자리를 떠야 했다.

어린 소녀를 몇 명이나 죽인 이런 파렴치한 놈을 편하게 감방에 보낼 수는 없었다.

"너 뭐야!"

장두식이 전율의 밑에 깔려 꼼짝할 수가 없었다.

전율은 엉덩이에 모든 체중을 실어 장두식의 배를 눌렀고, 무릎으로 그의 양팔을 짓이겨 압박했다.

"너 뭐냐니까!"

전율은 대답 대신에 주먹을 내질렀다.

퍽!

장두식이 꺽 소리를 내며 기절했다.

*   *   *

신고 전화를 받은 경찰들이 빠르게 출동했다.

하지만 싸움이 벌어졌다는 장소엔 아무도 없었다.

혹시 몰라 주변을 계속 배회했으나 어두운 골목길은 적막하기만 했다.

"뭐야? 싸움이 끝난 거야, 아니면 옮겨 다니면서 싸우는 거야?"

"장난 전화일 수도 있구요."

"장난 전화 아니면?"

"그럼 선배님이 말했던 것, 둘 중 하나겠죠. 돌아가요. 어디서 계속 싸우고 있으면 신고 들어오겠죠."

"그래, 가자, 가."

경찰들은 별 소득 없이 다시 걸음을 옮겼다.

*   *   *

기절했던 장두식이 눈을 떴다.

그리고 서슬 퍼런 안광에 놀라 헛숨을 들이켰다.

"헉!"

장두식은 몸을 움직이려 했지만, 그럴 수 없었다.

손은 뒤로 묶여 있었고, 다리도 묶인 상태였다.

그 상태에서 모로 누워 전율의 눈을 바라보며 마른침만 꿀꺽 삼켰다.

"너 말야, 타깃을 잘못 골랐어."

"너, 너 도대체 뭐야! 겨, 경찰이야?"

말을 하며 장두식은 주변을 살폈다.

온통 나무와 풀들만이 가득한 것으로 보아 산속인 것 같았다.

전율은 그런 장두식에게 한 자 한 자 씹어 뱉듯 말했다.

"경찰이 이런 식으로 일처리하는 거 봤어? 그냥 잡아서 취조 몇 번 하고 편하게 빵으로 보내겠지. 근데 난 전혀 그럴 생각이 없거든. 네 손에 억울하게 죽어간 아이가 몇인데!"

전율이 위압을 쏘아 보냈다.

순간 장두식은 숨이 턱 막히는 것을 느꼈다.

"크흡……."

장두식의 눈에 전율은 도저히 사람으로 보이지 않았다.

마치 한껏 굶주린 맹수를 앞에 두고 있는 것 같았다.

'주, 죽어… 죽는다고……!'

장두식은 죽음의 공포를 느끼며 몸을 바들바들 떨었다.

전율이 그런 장두식의 얼굴을 세게 걷어찼다.

퍽!

"크헉!"

백년호의 내단을 섭취하면서 오러가 강해지며 신체 능력까지 월등히 높아진 전율이다.

그저 발에 한 번 맞았을 뿐인데, 장두식은 해머로 얻어맞은 것 같은 충격을 받았다.

전율이 이번엔 전보다 더 힘을 실어 옆구리를 짓밟았다.

콰직!

두두둑!

"끄아악!"

장두식의 옆구리 뼈가 부러졌다.

"크흐윽!"

장두식이 신음을 흘리며 새우처럼 몸을 구부렸다.

턱과 옆구리가 너무 아파 정신이 아찔했다.

그러나 진정한 지옥의 시작은 지금부터였다.

퍼퍼퍼퍼퍼퍽!

전율이 인정사정없이 장두식을 밟고 걷어찼다.

"아악! 끄아… 크으악!"

장두식은 온몸을 망치로 두들겨 맞는 듯한 고통에 정신이 나갈 것 같았다.

아니, 차라리 정신이 나갔으면 하고 바랐다.

하지만 그럴 수가 없었다.

위압의 기운이 장두식의 정신을 계속 긴장 상태로 만들어 기절하는 걸 방해하고 있었다.

마음은 죽음의 공포에 짓눌렸고, 육신은 엄청난 고통에 비명을 질렀다.

그러다 위압의 기운이 사라지자 장두식은 차라리 죽여줬으면 좋겠다는 생각이 들었다.

이대로 계속 맞다가는 반병신이 될 게 불 보듯 뻔했다.

한데 그때 전율의 발길질이 멎었다.

장두식은 감히 전율을 올려다보지도 못하고 여전히 몸을 웅크린 채, 바들바들 떨었다.

"장두식."

"네, 네?"

저도 모르게 존댓말이 나왔다.

그동안 사람을 숱하게 죽여온 장두식이었다.

그런 장두식이 지금 극도의 두려움을 느끼고 있었다.

"아까 말했듯이 난 널 편하게 보낼 생각이 없다."

그건 이미 몸소 체험했다.

사지의 뼈는 부러지지 않은 곳이 없었고, 얼굴은 찢어지고 퍼렇게 멍들어 엉망진창이었다. 말을 하려고 입을 움직일 때마다 몸 전체가 아려왔다.

"처음에는 널 죽일 생각이었지."

외계 종족과 전쟁을 치르면서 어마어마한 사람이 죽어가는 걸 두 눈으로 직접 본 전율이다. 아니, 사람을 죽인 적도 있었다. 외계 종족의 뇌파에 조종을 당해 적으로 돌변한 동료의 가슴에 칼을 꽂아 넣었다. 안 그러면 자신이 죽을 판이었다.

총으로 쏴 죽이고 폭탄으로 터뜨려 죽인 동료도 한둘이 아니다.

무기가 없을 땐 주먹으로 두들겨 패서도 죽여봤다.

그렇게 전율은 필사적으로 살아남았었다.

때문에 이미 살인이라는 행위에 전율은 익숙해질 만큼 익숙해져 있었다.

정을 쌓은 동료도 어쩔 수 없이 자기 손으로 죽였는데, 이따위 쓰레기 하나 죽이는 건 일도 아니었다.

"주, 죽인다구요?"

한참 맞을 때는 차라리 죽었으면 했는데, 구타가 그치니 다시 죽기 싫어진 장두식이었다.

"하지만 지금은 생각이 조금 바뀌었어. 그러니 솔직히 말해 봐. 네 대답에 따라 네가 죽을 수도, 살 수도 있어."

"네, 네. 알겠습니다."

전율은 아까부터 장두식에게 궁금한 게 있었다.

그는 평소 장두식이 조금 더 정신적으로 문제가 심각한 인물일 거라고 생각했다.

아니면 공포라는 걸 모르는 미친 살인귀이거나.

하지만 장두식을 잡아 와서 지금까지 본 바로, 이놈은 다른 사람들과 크게 별다를 것이 없어 보였다.

그래서 묻고 싶었다.

"여학생들을 왜 죽였지?"

"…네?"

"이번에도 대답 안 하고 되물으면 혀를 뽑아버린다. 여학생들을 왜 죽였지?"

장두식의 얼굴이 퍼렇게 떴다.

혀를 뽑아버린다는 게 전혀 농담처럼 들리지 않았기 때문이다.

장두식이 얼른 대답을 내놓았다.

"재미있어서 죽였어요."

"재미있어서?"

"네, 몰래 쫓아가다가 카, 칼로 아무 데나 찌르면 죽겠다고 소리쳐요. 그런데 진짜 죽여 버린다고 협박하면 얼른 입을 다물죠. 아파도, 무서워도 비명을 못 질러요. 그다음부터는 시키는 걸 다 해요. 옷을 벗으라면 벗고, 춤을 추라면 추고, 노래를 부르라면 부르고, 쓰레기를 먹으라면 먹어요. 헤, 헤헤. 진짜 재밌죠? 내가 찌른 곳에서 피가 줄줄 흐르는데도 뭐든 다 한다니까요?"

말을 하는 장두식의 얼굴이 기이하게 일그러졌다.

그건 웃는 것도, 인상을 쓰는 것도 아니었다.

"그, 그러다가 아무 데나 또 찔러요. 비명 지르면 죽여 버린다고 협박했으니까 절대 비명을 안 지르죠. 어떻게든 살려고 내가 하라는 대로 또 해요. 헤헤헤! 완전히 내가 신이 되는 거예요. 이게 얼마나 재미있는지 안 해본 사람은 몰라요!"

장두식의 눈이 점점 광기에 물들어갔다.

"오늘도 그랬어요! 회사에서 얼마나 스트레스를 받았는지 몰라요. 술을 마셔도 풀리지 않고, 애인이랑 관계를 가져도 풀리지 않았어요. 그래서 나왔죠. 언제라도 밖에 나오면 꼭 밤늦게 들어가는 여학생 한 명은 있거든요."

"왜 여학생만 죽인 거지?"

"찌를 때 느낌이 가장 좋아요! 반응도 제일 재미있고. 크크큭."

그 말은 다른 사람도 이미 죽여봤다는 얘기였다.

아직 장두식의 짓이라고 밝혀지지 않은 것일 뿐.

그제야 전율은 알았다.

장두식은 평소엔 평범한 사람처럼 살아가지만 스위치가 켜지는 순간 자신을 제어하지 못하게 되는 것이었다.

하지만 아무런 이유도 없이 이런 미친 인간이 된 건 아닐 것이다.

분명 그를 살인귀로 변화시킨 결정적 요인이 존재할 테지만 그것까지 전율이 알 필요는 없었다.

전율이 알고 싶었던 건, 이 녀석이 정상인이냐 아니냐였다.

예상했던 대로 이놈은 미친놈이 맞았다.

장두식은 계속해서 자신이 살해했던 여고생들의 이야기를 모험담처럼 늘어놓았다.

그 이야기를 들으면 들을수록 분노가 스멀스멀 피어올랐다.

"정말 대단하죠? 당신도 해봐요. 스트레스가 싹 풀린다니까요?"

신나서 떠들어대던 장두식의 마지막 한마디가 전율의 심기를 제대로 건드렸다.

"아까 그년도 칼로 찔렀으면 분명 살려달라고 싹싹 빌었을 텐데, 당신이 방해하는 바람에 못 찔렀……."

그 순간 전율의 발이 장두식의 입을 걷어찼다.

픽!

"끄악!"

쩍 벌어진 장두식의 입에서 피 묻은 앞 이빨 두 개가 튀어 나왔다.

"씨발새끼가!"

전율이 욕을 하며 또다시 장두식을 걷어찼다.

퍼억!

"아악!"

장두식은 손발이 포박당한 채 저 멀리 데굴데굴 굴러갔다.

전율은 그런 장두식에게 다가가 서슬 퍼런 음성으로 말했다.

"결정했다. 역시 넌 죽여선 안 돼."

"사, 살려줄 거예요?"

장두식이 한 가닥 희망을 가지고 물었다.

"이대로 죽는 것도 네겐 사치다. 평생 불구로 살아라."

"네, 네?!"

장두식이 놀라 눈을 크게 떴다.

퍽!

그중 오른쪽 눈에 전율의 발끝이 날아들어 꽂혔다.

"아악!"

장두식의 눈이 터지며 피가 철철 흘러나왔다.

전율은 놈의 반대쪽 눈도 밟아 터뜨렸다.

"으악! 으아아악!"

"말도 하지 못할 거다."

쩍 벌어진 장두식의 입안에 손을 넣어 혀를 잡은 전율이 그대로 당겼다.

투두둑!

혀가 끊어지며 피가 울컥 쏟아졌다.

"어어! 어어어어!"

혀를 잃어버린 장두식의 비명이 괴이해졌다.

"듣지도 마라."

전율이 두 손을 쫙 펴서 장두식의 양쪽 귀를 팡! 때렸다.

엄청난 풍압에 장두식의 고막이 그대로 터졌다.

"으어어어! 끄어어어!"

장두식은 피눈물을 흘리며 괴로워했다.

하지만 거기서 끝이 아니었다.

전율은 장두식의 어깨뼈와 골반뼈를 완전히 뽑아서 뒤틀었다.

장두식은 말 그대로 산송장이 되었다.

전신이 망가져서 아무것도 할 수가 없었다.

잔인한 짓이었지만 장두식이 아직 다 펴보지도 못한 무고한 생명들을 죽여 버린 것에 비하면 아직도 부족하다고 느끼는 전율이었다.

"끄으으으으! 으어어어!"

목이 터져라 소리치는 장두식에게 전율이 말했다.

"운이 좋으면 죽을 테고, 나쁘면 누군가에게 구조되어 살아 남겠지."

지금으로선 장두식에게 살아남는 것이 지옥일 테니.

"평생 고통받아라. 죽어서도 지옥에 떨어져라. 넌 그래야 한다."

마지막 한 마디를 내뱉은 전율이 바람처럼 산속에서 사라졌다.

어딘지 모를 산속엔 폐인이 되어 혼자 남겨진 장두식의 비명 소리만 구슬프게 울려 퍼졌다.

*   *   *

연쇄살인마 장두식을 잡고 집으로 돌아오는 동안 전율은 계속 마음이 불안했다.

'제대로 한 게 맞겠지?'

전생에서는 소율이가 오늘 죽었지만, 이번에는 전율로 인해 목숨을 건졌다.

그럼에도 전율은 실감이 나질 않았다.

빨리 소율이의 얼굴을 봐야만 마음이 놓일 것 같았다.

그래서 쉬지 않고 달려, 순식간에 집에 도착했다.

"소율아!"

전율이 현관문을 열고 들어서며 소리쳤다.

마침 화장실에서 나오던 소율이 깜짝 놀라 경기를 일으켰다.

"어맛! 뭐, 뭐야?"

살아 있었다.

소율은 전생과 달리 살아 있었다.

무사한 동생의 얼굴을 확인하는 순간 전율의 눈에 눈물이 차올랐다.

전율은 놀란 소율이에게 다가가 두 팔을 벌려 품에 꽉 안았다.

갑작스런 전율의 행동에 당황한 소율이 빠져나오려고 낑낑 댔다.

"왜, 왜 이래? 뭐 잘못 먹었어?"

"다행이다, 정말 다행이야."

"다짜고짜 무슨 말인데? 쿵쿵! 술도 안 마신 것 같구만, 왜 이러는데에~!"

"다행이야."

전율이 몸에 힘을 풀고 전보다 부드럽게 소율을 안아주었다.

그래도 소율에게 가해지는 압박은 버거웠다.

아무리 벗어나려고 애를 써도 불가능했다.

결국 소율은 포기했다.

"하아, 그래, 맘대로 해라. 요새 바른생활을 하더니 여자 품이 그리운가 보지?"

말은 괜히 독하게 했지만 사실 소율도 전율의 품에 안긴 게 마냥 싫지는 않았다.

늘 사이좋은 다른 남매를 보며 부러워했던 소율이었다.

영문은 모르겠으나 자기를 안아주는 오빠가 내심 고마웠다.

소율은 한참 동안 그렇게 전율의 넓은 품에 꼭 안겨 있었다.

Chapter 10.
투자의 방법

많은 일이 있었던 24일이 지나가고 25일의 아침이 밝았다.

전율은 새벽부터 일어나 산으로 향했다.

그리고 어제는 정신이 없어서 미처 복용하지 못했던 마나 하트의 조각을 꺼냈다.

전율은 마나 하트의 조각으로 오러, 마나, 스피릿 중 어떤 것을 업그레이드시킬지 고민하다가, 결국 마나로 결정했다.

오러는 백년호의 내단을 많이 먹어 2랭크가 된 상태고, 스피릿은 전율이 자주 사용할수록 성장도가 올라갔기 때문이다.

전율은 붉은색의 보석 같은 자두 알 크기의 마나 하트를 입에 넣었다.

혀에 닿자마자 액체로 변한 마나 하트가 부드럽게 목을 타고 흘러 넘어갔다.

꿀꺽!

마나 하트를 섭취하자 뱃속에서 강렬한 기운이 느껴졌다.

그런데 마나 하트는 어떤 기운으로도 변하지 않은 채 그저 가만히 머물러 있을 뿐이었다.

"왜 이러는 거지?"

전율의 의문은 마더가 풀어주었다.

[전율 님의 체내엔 세 가지 기운이 존재합니다. 마나 하트는 그 어떤 기운으로도 변할 수 있습니다. 그래서 기다리고 있는 겁니다.]

"그럼 어떻게 해야 돼?"

[변하게 하고 싶은 기운을 끌어와 마나 하트에 접촉시키십시오. 그러면 마나 하트는 접촉한 것과 동일한 성질의 것으로 변할 것입니다.]

"알았어."

전율은 심장 주변에 고리 형태로 뭉쳐 있는 마나를 느꼈다.

그것을 눈으로 직접 볼 수는 없었지만, 감각으로 충분히 알 수 있었다.

전율은 마나를 복부로 끌어 내렸다.

그러자 마나가 아직 아무런 성질도 띠고 있지 않은 마나 하트의 기운과 부딪쳤다.

그 순간, 마나 하트의 기운은 마나로 치환되었다.

그때부터는 전율이 그 기운을 마음대로 움직일 수 있었다.

마나로 변한 마나 하트의 기운을 전율은 심장으로 갈무리시켰다.

새로 들어온 거대한 마나는 심장에 무리 없이 잘 자리를 잡는 듯했다.

그런데 갑자기.

휘이이이이잉—!

"음?"

마나가 심장 주변에서 회전을 일으켰다.

전율은 눈을 감고 심장에 있는 마나에 집중했다.

한참을 맹렬히 회전하던 마나는 서서히 속력을 낮추며 두 개의 고리로 나누어졌다.

이어, 심장 주변에 나란히 자리했다.

"고리가 하나 더 생겼어."

[전율 님의 마나가 2랭크로 업그레이드됐습니다. 마나는 랭크가 하나 올라갈 때마다 심장에 고리를 하나씩 두르게 됩니다.]

그 말을 듣는 순간 전율은 대박이라고 소리쳤다.

전율이 산 건 온전한 마나 하트도 아니고 마나 하트의 조각이었다.

그런데 그걸 하나 먹었다고 바로 2랭크가 되어버리다니!

전율은 당장 상태창을 열었다.

〈전율 님의 능력치〉

[오러]

랭크 : 2

성장도 : 23%

색 : 노란색

사용 가능 기술 : 오러 피스트(Aura Fist), 오러 애로우(Aura Arrow)

[마나]

랭크 : 2

성장도 : 2%

사용 가능 기술 : 뇌섬(雷殲), 속박뢰(束縛雷), 뇌전(雷電)
의 창(槍)

[스피릿]

랭크 : 1

성장도 : 32%

사용 가능 기술 : 위압(危壓), 호의(好意), 지배(支配)

마더가 언급했던 것처럼 마나의 랭크가 올랐고 사용 가능
한 기술이 하나 더 늘어나 있었다.

"하하, 이렇게 빨리 성장할 수 있다면 500링이 전혀 아깝지
않지."

전율이 들떠서 혼잣말을 내뱉자 마더의 음성이 다시 들려
왔다.

[마나 하트의 조각에 담긴 힘으로 마나의 랭크가 오를 수
있었던 건, 아직 1랭크였기 때문입니다. 마나는 1랭크와 2랭크
사이에 상당한 차이가 있습니다. 방금 섭취한 마나 하트의 조

각이 가져다준 기운을 가늠해 봤을 때, 한 번 더 똑같은 기운을 섭취한다면 2랭크의 성장도는 30% 정도 오를 것으로 예상됩니다.]

마더의 얘기를 듣고 나니 확실히 1랭크와 2랭크 사이의 갭은 어마어마한 것 같았다.

"그런가. 흠… 그래도 30%의 성장도라면 아직 링이 아까울 정도의 수준은 아닌 것 같아."

당장 전율은 마나와 오러의 성장도를 올릴 방도가 없었다.

앞으로 마스터 콜에 불려 갈 때마다 싸우게 될 던전의 몬스터들은 계속해서 강해질 것이다.

그러므로 전율도 강해져야 한다.

마나 하트의 섭취로 인한 성장은 불가피했다.

문제는 나중이다.

1랭크과 2랭크의 갭이 이 정도라면 당장 3랭크만 되어도 마나 하트의 조각이 성장도를 10퍼센트 미만으로 올려줄 것이 분명했다.

"그 문제는 나중에 생각하자."

아직 다가오지도 않은 일로 시간을 허비하는 것을 전율은 좋아하지 않는다.

외계 종족의 침공까지 앞으로 6년이 남았다.

그때를 대비해 성장하지 않으면 아무리 지금 소율이를 살려놓아 봤자 다 헛수고일 뿐이다.

전율이 해야 할 일은 많았다.

그렇기에 고민에 시간을 쏟기보다는 당장 해야 할 일들을 해나갈 뿐이다.

"우선 새로운 마법을 사용해 봐야지."

전율의 마나 랭크가 2로 업그레이드되며 뇌전의 창이라는 마법이 생겼다.

이 마법 역시 시전하는 방법은 똑같았다.

한 손을 앞으로 내밀어 적당히 멋진 포즈를 잡는다.

그리고 뇌전의 창을 사용하겠다는 의지와 함께 시전어를 외친다.

"뇌전의 창!"

전율의 외침에 내민 손에서 번개로 만들어진 빛의 창이 나타났다.

뾰족한 대가리를 전율이 바라보는 목표점으로 겨눈 채 둥둥 떠 있는 뇌전의 창은 그 길이만 족히 2미터가 넘었다.

파지직! 파직!

밝게 빛나는 뇌전의 창 주변으로 쉼 없이 스파크가 일었다.

"이거 멋진데?"

뇌전의 창을 바라보는 전율의 눈에 이채가 어렸다.

전율은 주변을 둘러보다가 큰 나무를 겨냥했다.

그리고 내민 손을 살짝 뒤로 당겼다가 밀듯이 앞으로 쳐 냈다.

그 작은 동작에 뇌전의 창은 총알처럼 쏘아져 나갔다.

쒜애애애액! 퍼억!

뇌전의 창이 나무 기둥을 정확히 관통해서 지나갔다.

놀랍게도 굵은 나무 기둥의 중앙 부분이 통째로 사라졌다.

순식간에 타서 재로 변한 것이다.

갑자기 몸통의 일부를 잃어 허공에 붕 뜨게 된 나무의 상반신이 그대로 전율을 덮치며 쓰러졌다.

"윽!"

전율이 얼른 옆으로 몸을 날렸다.

콰아아아앙!

좀 전까지 전율이 서 있던 장소를 거대한 나무가 덮치며 요란스런 굉음을 터뜨렸다.

쓰러진 나무의 뒤로는 또 다른 나무들의 기둥 일부가 타서 사라져 있었다.

사라진 부분들을 이어보니 뇌전의 창이 꿰뚫고 지나간 궤적이 눈에 훤히 보이는 듯했다.

전율은 그 궤적을 따라 달렸다.

뇌전의 창이 어디까지 날아간 건지 궁금했다.

혹여라도 너무 멀리 날아가 지나가는 등산객이 얻어맞기라도 했다면 큰 문제였다.

다행스럽게도 뇌전의 창은 궤적의 끝, 높은 경사에 있던 커다란 바위를 깨부수며 소멸한 것 같았다.

전율은 처음 자신이 서 있던 장소에서 부서진 바위가 있는 곳까지의 거리를 재보았다.

어림짐작해도 족히 300미터는 될 것 같았다.

하지만 바위가 없었다면 그보다 더 멀리 날아갔을 게 분명했다.

"굉장해. 파괴력이 엄청나고 사거리도 길어."

뇌전의 창은 다음 던전에서 몬스터들과 싸울 때 요긴하게 쓰일 마법이었다.

문제는 아직 2랭크의 성장도가 높지 않아 자주 사용하기 힘들다는 것이었다.

전율은 심장에 남은 마나의 양을 가늠해 보았다.

뇌전의 창을 한 번 사용했을 뿐인데 삼분의 일이 줄어 있었다.

그만큼 많은 마나를 필요로 하는 마법이었다.

소모된 마나는 어차피 시간이 지나면 저절로 차오르게 마련이다.

한데 그 속도가 더뎠다.

현재 전율의 심장에 있는 마나의 총량을 100이라고 치면 소모된 1을 채우는 데 딱 1분이 걸렸다.

한마디로 마나를 완벽하게 소모했을 경우 100분이라는 시간이 흘러야 다시 가득 채워진다는 것이다.

뇌전의 창 같은 경우 세 번을 연속해서 사용해 버리면 마나가 모두 고갈된다.

그럼 최소한의 마나를 필요로 하는 뇌섬을 사용하려 하더라도 최소 5분은 기다리며 마나를 충전해야 한다.

하지만 전율은 마나를 효과적으로 사용할 수 있었다.

그에겐 마나 외에 오러와 스피릿도 있었기 때문이다.

전율이 가지고 있는 세 가지의 능력 중 가장 고갈이 빠른 것은 순서대로 마나, 스피릿, 오러였다.

그것을 인지하고, 전율은 자신에게 주어진 능력들을 잘 배분해서 전투를 해야 할 필요가 있었다.

"2랭크의 뇌섬은 어느 정도일까?"

마법을 이용한 김에, 뇌섬의 능력도 체감해 볼 셈이었다.

생각해 보니 여태껏 속박뢰만 사용했지, 뇌섬은 한 번도 사용한 적이 없었다.

전율이 이번에는 다른 마법을 사용할 때와 달리 손바닥 전체가 아닌 검지 하나로 목표물을 가리켰다.

그가 가리킨 목표물은 이미 반파된 돌덩이였다.

"뇌섬!"

전율의 입에서 시전어가 흘러나왔다.

그러자 손가락 끝에서 쏘아져 나간 뇌전의 줄기가 돌덩이에 작렬했다.

번쩍! 콰쾅!

상당한 위력에 충격파가 일었다.

전율은 몸을 사정없이 때리는 충격파로 인해 비틀거렸다.

파지직! 지직!

뇌섬이 박치기한 돌덩이는 가루가 되어 있었다.

"이것도 쓸 만해."

에너지의 고갈이 가장 빠르긴 하지만 그만큼 많은 대미지를 적에게 줄 수 있는 것이 마법이었다.

실제로 외계 종족들과의 싸움에서 가장 많은 활약을 펼친 것도 무결의 성녀 유지연이었다.

그녀는 만인이 인정하는 최강의 대미지 딜러였고, 자타 공인 독보적 에일리언 슬레이어였다.

그런 유지연의 능력을 전승받은 게 전율에게는 정말 다행한 일이었다.

마스터 콜의 던전 싸움에서 유리하게 작용할 테니 말이다.

새로운 능력을 적당히 시험해 본 전율은 산에서 내려와 다시 집으로 향했다.

그런데 그때 주머니에 넣어놨던 스마트폰에서 진동이 울렸다.

전화가 온 것이다.

"누구지, 이 시간에?"

전율은 폰을 꺼내 발신자를 확인했다.

동틀 무렵의 이른 새벽부터 전화를 건 사람은 다름 아닌, 지우였다.

지우는 전율의 중고등학교 동창이다.

전율이 고등학교 때 퇴학을 당하고 감옥에 가면서 연이 끊어졌지만, 얼마 전 용식이 패거리에게 사채를 썼다가 패가망신 당할 뻔한 김 사장 일가를 도와준 덕분에 다시 연이 닿았다.

"여보세요."

─나야, 지우.

"알아."

─혹시 내가 자는 거 깨운 거니?

"아니."

─일찍 일어나는구나.

"왜 전화했어?"

지우를 대하는 전율의 태도는 여전히 딱딱했다.

그 때문에 지우의 기분은 또다시 나빠졌다.

이렇게 나올 걸 뻔히 알고 있었는데도 왜 굳이 전화를 한 건지 스스로도 이해가 가질 않았다.

사실 지우는 전율과 마지막 통화를 한 그날 이후부터 계속 전율이 신경 쓰였다.

전율은 지금껏 자신이 알고 지냈던 그 어떤 남자보다 무례했고 매너가 없었다.

어느 누구도 자신에게 함부로 하는 남자는 없었다.

전율이 유일했다.

지우의 주변엔 지금도 그녀와 밥 한번 같이 먹으려고 안달복달하는 남자들이 수두룩했다.

개중엔 누가 보기에도 괜찮은 외모에 성격도 좋고 학벌, 집안까지 빠지지 않는 남자도 제법 있었다.

하지만 지우는 그들에게 눈길 한번 주지 않았다.

마음에도 없는 상대와 괜히 만나가며 쓸데없이 시간을 소비하기 싫었기 때문이다.

어찌 되었든 그렇게 조건 좋은 남자들도 뻥뻥 걷어차는 마당에 최악이라고 생각했던 전율에게는 왜 자신이 먼저 다가가려 하는 건지 그 원인을 도통 알 수 없었다.

─율아, 너 앞으로도 계속 나랑 밥 한 끼 하는 게 힘들어? 정말 시간이 없는 거니, 아니면 날 피하는 거니. 나 원래 남자한테 먼저 밥 사주겠다고 하는 성격도 아니고, 이렇게 귀찮게 하는 타입도 아니거든? 그런데 또 빚지고 못 사는 성격이기도

하다구. 그러니까 너한테 빚 갚아야겠다구. 안 그러면 맘 불편해서 견딜 수가 없겠다니까.

지우는 왜 전율이 자신과 밥을 먹어야 하는지에 대한 당위성을 열심히 설명했다.

그런데 설명을 하면 할수록 점점 더 전율과 밥 한 끼 먹지 못해 안달 난 여자가 된 것 같은 기분이 들었다.

'내가 지금 뭐하는 거야.'

지우는 자기 모습이 한심해서 고개를 절레절레 저었다.

반면 전율은 아무런 감흥도 없이 지우의 이야기를 듣고 난 뒤, 대답했다.

"그럼 먹자, 밥."

―어? 정말이야?

지우의 목소리가 확 밝아졌다.

"그래."

―언제 시간 되는데?

"오늘."

―오늘? 점심? 저녁?

"점심이 좋겠어."

―아… 점심에는…….

지우의 친구 미정이와 선약이 잡혀 있었다.

"시간 안 되면 다음에 보고."

지우가 망설이자 전율이 칼같이 시간을 미루려 했다.

지우는 다급히 말했다.

—아니, 돼. 점심 좋아.

지우가 속으로 미정이에게 용서를 빌었다.

이번에 만나지 않으면 또 언제 전율과 만날 수 있을지 기약할 수가 없었다.

—그럼 12시에 엠백화점 앞에서 만나.

"그러자."

—근데 절대로 착각하면 안 돼. 이건 그냥 내가 고마워서 보답하고 싶은 것뿐이니까.

"착각? 무슨 착각?"

순간 지우의 얼굴이 붉어졌으나 다행스럽게도 지금은 전화 통화를 하고 있는 중이라 전율에게 그런 걸 들킬 일은 없었다.

—아니, 아무것도 아니야. 끊을게.

전율과의 통화는 그렇게 마무리되었다.

"후아아."

지우는 자신의 가슴을 쓸어내리며 큰 한숨을 내뱉었다.

"흥. 자기가 인기 스타야, 아이돌이야? 왜 이렇게 시간 한 번 맞추기가 힘들어?"

지우는 미정이에게 오늘 저녁이나 내일 점심으로 약속을 미루자는 문자를 보내며 투덜거렸다.

물론 미안하다는 사과도 잊지 않았다.

답장은 칼같이 왔다.

다행스럽게도 미정이는 내일 점심에 봐도 상관없다고 했다.

"휴, 됐다."

지우가 스마트폰을 책상에 던져 놓고 거울 속 자기 얼굴을 바라봤다.

"머리카락을… 조금 다듬고 나가야 하려나?"

머리카락을 한 움큼 쥐어 들어 올렸다.

요새 집안이 엉망이라 도통 관리를 못 했더니 엉망이었다.

그러고 보니 머리카락뿐만 아니라 며칠 전 이마에 난 뾰루지도 문제였다.

어젯밤 늦게 자서 오늘 일찍 일어난 것 때문인지 뺨도 살짝 부어 있었다.

사채업자들이 괴롭히는 게 괴로워서 술을 자주 마셨더니 피부도 푸석해 진 것 같았다.

"안 되는데 이러면……."

고민하던 지우가 퍼뜩 정신을 차렸다.

"잠깐만. 그냥 좀 막 하고 나가면 어때? 어차피 남자친구 만나는 것도 아닌데. 밥만 얼른 사주고 들어오면 되는 거잖아.

그래, 그러면 되는 거야. 추리닝 입고, 모자 푹 눌러쓰고. 잘 보일 필요 없는데, 뭐."

혼잣말을 중얼거린 지우는, 그러나 말과 달리 벌써부터 나갈 준비를 하고 있었다.

지금은 새벽 여섯 시였다.

*   *   *

전율이 집에 돌아오니 아버지는 그새 인력사무소로 나가고 없었다.

나머지 가족들만 잠에서 깨 비몽사몽 중에 아침 식사를 하고 있었다.

"오빠, 어디 갔다 이제 와?"

소율이 반쯤 떠진 눈으로 전율을 바라보며 물었다.

"그냥 새벽 운동."

"같이 밥 먹자, 율아."

이유선이 율에게 자리를 권했다.

"네, 어머니."

전율은 밥 한 그릇을 퍼서 가족들 사이에 끼어 앉았다.

그러자 소율이 치를 떨며 말했다.

"그 어머니 소리 좀 그만하면 안 돼? 그냥 아빠, 엄마 하면서 존댓말하면 되잖아. 무슨 사극 보는 것 같단 말야."

"나, 나는 좋은 것 같은데."

하율이가 전율의 편을 들어주었다.

소율이 완전 서운하다는 표정으로 입을 쩍 벌렸다.

"우와~! 언니 얼마 전까지 무조건 내 편이었던 내 친언니 맞아? 아니지? 밤새 도깨비가 우리 친언니 잡아가고 똑같은 모습으로 변신한 거지? 그렇지?"

"나 도깨비 아닌데……."

소율이 한숨을 푹 쉬었다.

"농담을 다큐로 받아들이는 거 보니 우리 언니 맞네."

두 자매가 쓸데없는 농담을 주고받는 동안 이유선이 전율에게 슬쩍 물었다.

"율아. 산삼 팔아 챙긴 돈 어떻게 하면 좋겠니? 아직도 답이 안 나오네."

"그러게요."

전율이 가족에게 건넨 천종산삼은 세 뿌리고, 그것을 팔아 얻은 돈은 천만 원가량이었다.

그것은 이유선의 이름으로 된 통장에 고스란히 들어가 있었다.

이유선과 전대국은 대체 이천만 원을 어찌해야 좋겠는지를 가지고 끊임없이 고민하는 중이었다.

하지만 전율은 천만 원은 눈에도 들어오지 않았다.

그에겐 지금 1억을 어떻게 불려야 좋을까 하는 생각밖에 없었다.

"오빠, 오늘은 어디 안 가?"

전율이 사념에 잠겨 있는데 소율이 말을 걸어왔다.

"그건 왜?"

"아니, 오빠가 집에 하루 종일 있으면 언니가 불편해하니까. 혼자 있으면 밥이라도 잘 챙겨 먹지. 근데 오빠가 있으니까 미안해서 혼자 밥도 못 챙겨 먹잖아."

"안 그래도 점심에 약속 있어."

"정말? 누구 만나는데? 또 질 나쁜 인간들 만나러 가는 건 아니겠지?"

"아니야."

"흠… 좋아, 믿어주겠어!"

소율의 말이 끝나자 이번엔 하율이 말을 걸었다.

"율아, 나 때문에 없는 약속 만들어서 일부러 나가지 않아도 되는데……."

"아니야, 누나. 정말로 약속이 있어. 중고등학교 동창생인데 내가 뭘 도와준 게 있어서 보답으로 밥 산다고 했……."

말을 하던 전율이 그대로 굳었다.

"율아? 왜 그래?"

하율이 조심스레 전율에게 물었다.

하지만 하율의 말은 전율의 귀로 들어와 뇌까지 전해지지 않은 채 공중분해되었다.

'가만… 전생에서 지우네 아버지가 투자하려 했던 주식이 대박을 쳤었지. 그거다!'

전율은 1억을 크게 불릴 방법을 생각해 냈다.

『리턴 레이드 헌터』 2권에 계속…

초대형 24시 만화방

신간 100%, 샤워실, 흡연실, 수면실(침대석), 커플석, 세탁기 완비

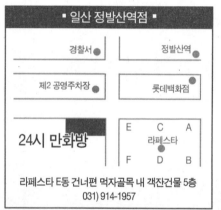

■ 일산 정발산역점 ■

경찰서 / 정발산역 / 제2 공영주차장 / 롯데백화점 / 24시 만화방 / 라페스타 E C A D B F / 라페스타

라페스타 E동 건너편 먹자골목 내 객잔건물 5층
031) 914-1957

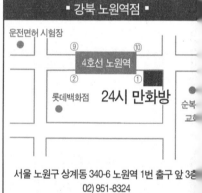

■ 강북 노원역점 ■

운전면허 시험장 / ⑨ ⑩ / 4호선 노원역 / ② ① / 롯데백화점 / 24시 만화방 / 순복 교회

서울 노원구 상계동 340-6 노원역 1번 출구 앞 3층
02) 951-8324

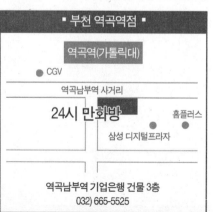

■ 부천 역곡역점 ■

역곡역(가톨릭대) / CGV / 역곡남부역 사거리 / 24시 만화방 / 홈플러스 / 삼성 디지털프라자

역곡남부역 기업은행 건물 3층
032) 665-5525

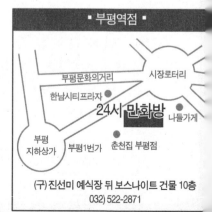

■ 부평역점 ■

부평문화의거리 / 시장로터리 / 한남시티프라자 / 24시 만화방 / 나들가게 / 부평 지하상가 / 부평1번가 / 춘천집 부평점

(구)진선미 예식장 뒤 보스나이트 건물 10층
032) 522-2871

김현석 현대 판타지 소설
전능의 팔찌
THE OMNIPOTENT BRACELET
「신화창조」의 작가 김현석이 그려내는
새로운 판타지 세상이 현대에 도래한다!
삼류대학 수학과 출신, 김현수
낙하산을 타고 국내 굴지의 대기업 천지건설(주)에 입사하다!
상사의 등살에 못 견뎌 떠난 산행에서, 대마법사 멀린과의 인연이 이어지고......
어떻게 잡은 직장인데 그만둘 수 있으랴!!
전능의 팔찌가 현수를 승승장구의 길로 이끈다!
통쾌함과 즐거움을 버무린 색다른 재미!
지.구. 유.일.의 마법사 김현수의 성공신화 창조기!
Book Publishing CHUNGEORAM
유행이 아닌 자유추구 -
www.chungeoram.com

박선우 장편 소설
FUSION FANTASTIC STORY

PERFECT GAME
퍼펙트 게임

고통과 좌절의 시간들을 뛰어넘어
불사조처럼 일어나 세계를 제패한 사나이의 일대기.

대한민국을 넘어 메이저리그를 평정하며
명예의 전당에 헌정된 언터처블 투수, 이강찬.

강철 같은 어깨에서 뿜어져 나오는 그의 패스트볼은
무적이었으며 야구계에 길이 남을 **신화**였다.

야구만을 사랑했던 고독한 사나이.
그의 퍼펙트게임이 이제 시작된다!

Book Publishing CHUNGEORAM

유행이 아닌 자유추구 -
WWW.chungeoram.com

멱운 장편 소설

FUSION FANTASTIC STORY

전공

삼국지

2세기 말 중국 대륙.
역사상 가장 치열했던 쟁패(爭霸)의
시기가 열린다!

중국 고대문학을 공부하던 전도형,
술 마시고 일어나니 도겸의 둘째 아들이 되었다?

조조는 아비의 원수를 갚으러 쳐들어오고
유비는 서주를 빼앗으려 기회만 노리는데……

"역시 옛사람들은 순수하다니까.
 유비가 어설픈 연기로도 성공한 데는 다 이유가 있지, 암."

**때로는 군자처럼, 때로는 효웅처럼!
도형이 보여주는 난세를 살아가는 법!**

Book Publishing CHUNGEORAM

유행이 아닌 자유추구 -
WWW.chungeoram.com